WOBA NIDE
MINGZI
XIEZAI SHILI

我把你的名字写在诗里

（增订版）

牛庆国 著

甘肃文化出版社
甘肃·兰州

图书在版编目（CIP）数据

我把你的名字写在诗里 / 牛庆国著. -- 2版，增订版. -- 兰州：甘肃文化出版社，2025.5. -- ISBN 978-7-5490-3126-9

Ⅰ．I227

中国国家版本馆CIP数据核字第20255WB843号

我把你的名字写在诗里（增订版）

牛庆国丨著

策　　划	周乾隆　伏文东
责任编辑	顾　彤　梁　涛
封面设计	马吉庆

出版发行丨甘肃文化出版社
网　　址丨http://www.gswenhua.cn
投稿邮箱丨gswenhuapress@163.com
地　　址丨甘肃省兰州市城关区曹家巷1号　｜730030（邮编）

营销中心丨贾　莉　王　俊
电　　话丨0931-2131306

印　　刷丨兰州人民印刷厂
开　　本丨787毫米×1092毫米　1/32
字　　数丨150千
印　　张丨8.75
插　　页丨1
版　　次丨2015年8月第1版
　　　　　2025年5月第2版
印　　次丨2025年5月第4次
书　　号丨ISBN 978-7-5490-3126-9
定　　价丨52.00元

版权所有 违者必究（举报电话：0931-2131306）
（图书如出现印装质量问题，请与我们联系）

写在前面的话

在这里,我写下时间和生命,写下疼痛和愧疚,写下感恩……

这是迄今为止,我最真情的一部作品,把它献给我的父亲和母亲,以及故乡,是它的全部意义。

感谢能够读完这本书的每一个人,我把你们都看成是我的亲人。

增订版说明

这本诗集的第一版已出版十个年头了,在数次重印后,出版社决定出版增订版。增订版对第一版的个别篇目作了调整和修改,同时增加了很多新的作品。第一版分三辑68首,增订版分四辑136首。第一辑写父亲,第二辑写母亲,第三辑写故乡,第四辑写一个人在怀念中的经历。相比第一版,增订版的内容更加丰富,题材更加集中。

目录

第一辑
写在地上的碑文

003 那人就是我的父亲

005 落霜的日子

006 与父亲围炉而坐

008 父亲的巴掌

010 记忆：阳光斜了

011 记忆

013 灿烂

014 那年的冬天

016 打庄

018 父亲与土地

020 回家小记

021 秋天的经历

023 心疼

025 父亲的骄傲

026 天气

027 灯光

028 又一次干净体面的父亲

031 那天，父亲坐了十分钟

033 四月的杏花

034 烈士

036 写在地上的碑文

042 父亲的遗产

045 布谷

046 带着父亲的照片回兰州

048 父亲的电话号码

051 今年的故乡

052 杏儿岔多了一座山

053 想起你，就想叫你一声

054 春节，致父亲

055 苍凉

056 老家的一只闹钟

057 一棵蒿草

059 想起一场大雪

060 那些好词好句

061 父亲的雪

062 风景

063 致父亲

第二辑

我把你的名字写在诗里

---

067 字纸

069 持灯者

070 在春天

071 记忆：糖

073 一个傍晚

074 风雨中

076 看母亲烧火做饭

078 雨天：纳鞋底的母亲

080 肩上的尘土

082 陪母亲去城里看病

087 刨土豆的母亲

090 温暖

092 和母亲散步

093 教母亲识字

095 在路上

097 那天是我的生日

099 想写下自己的乳名

101 抱着母亲

102 回乡遇雾

103 叫菊花的人

104 我把你的名字写在诗里

120 四月纪事

122 情景

123 母亲节的阳光

125 又一个母亲节

126 母亲的老花镜

128 梦里的母亲

130 经过村庄

132 想起在乡下过年

135 正月十四日：雪

第三辑

风的作品

139 杏儿岔（一）

141 杏儿岔（二）

144 杏儿岔（三）

146 冬至的傍晚

147 山顶上

149 在杏儿岔的一天

154 两个人

155 他们老了

156 遥望

157 想起故乡

158 轻

159 苍茫诗

160 故乡谣

161 一片麦地

162 描述

163 冬天的风景

164 冬天是一匹马

165 风中的树

166 老屋

167 想起

168 山中有记

170 故地

171 难写的诗

173 怀念

175 看见一个人

176 想念雪

177 肩上的村庄

178 有风吹过

180 风的作品

186 四月初七：风

191 杏儿岔8号

第四辑

一个人忽然想鞠躬

205 坐在秋天的地埂上

207 牵挂

208 呀

209 捞一只水桶

211 黎明的灯

212 灯火

213 火堆

214 夕阳中

215 习俗

216 写作

218 姐姐

219 四月

220 秋歌

221 风来自寂静

222 冬日的荒草

223 这几年

224 兄弟们

225 春节相见

226 火柴

227 树的信息

228 听雨

230 过去的一个想法

232 这么多年

233 如数家珍

234 自述

235 火车

236 窗户

238 低头和抬头之间

239 雪后纪事

240 老的过程

241 自我描述

243 歌唱

244 欢乐颂

245 画地图

247 风砺石

251 致灵魂

252 一个人忽然想鞠躬

254 **风中记**（代后记）

第一辑

一个种了一辈子地的人
最后把自己种在了土里

写在地上的碑文

那人就是我的父亲

吆着毛驴　在山坡上耕地

把举起的鞭子抽在土里的那人

就是我的父亲

被一口水窖绊倒

把窖里的水一点点取出

让我先喝的那人

就是我的父亲

坐在荞麦地埂上

被漫山漫坡的彩灯

甜甜暖暖地照着

开口就吼秦腔的那人

就是我的父亲

看老鹰飞起

大雪飘落

风雪里背着一捆柴火

一步一滑走向家门的那人

就是我的父亲

2010 年 4 月

落霜的日子

我不知道月亮下去之后

霜已代替月光

落满了屋顶

只感觉辗转反侧的父亲

向我身边靠了靠

那已是后半夜

天还没亮　他就走出门去

他要把落在风霜里的树叶

扫回家来

2010年4月一稿
2024年12月10日二稿

与父亲围炉而坐

在那个巨大的冬天
我与父亲围炉而坐
伸出双手
呵护住冬天的一点热

我看见父亲的手
更像两把柴火
他握住一丝温暖
然后又轻轻放开

那时　风雪在屋檐下
也火一样燃着
可我们都默不作声

那就喝喝茶　抽抽烟吧
其实我对生活
也就这么一点点要求

偶尔想起一些往事

想着想着

我们就会想到一起

后来　父亲说

天气越冷　炉火越旺

我看见父亲有点倦意

2003 年 12 月

父亲的巴掌

驴走得慢了
就扇驴一巴掌
但只扇屁股
从不扇驴的脸

地埂松了
就扇地埂一巴掌
他不让该生分的地方
稀里糊涂

扇过风
扇过阳光
他甚至把扑进怀里的爱
也扇了一巴掌

有一次　背过了人
父亲扇了自己一个耳光
我至今不知道

因为什么

但我知道父亲的巴掌
总扇不着天上的云
那时　他苦着脸
只扇自己的大腿

我被父亲扇出来好多年了
至今　有些事还不敢告诉父亲
我怕他一巴掌过来
把我的眼镜打到地上

2003 年 10 月

记忆：阳光斜了

冬天的阳光　说斜就斜了
我站在斜了的阳光里跺着脚
等着父亲
这是过年前的最后一次集市
那些筒着手　急急地走在
阴影里的人们
像是在追赶着时间
山坳中的县城里
父亲的身影在人群中时隐时现
等到父亲走到我跟前
斜斜的阳光已经没有了
他怀里抱着春联和彩印的门神
那是他梁了扁豆买来的
走在回家的路上
我们装出很幸福的样子
冰糖一样的星光
就从黄昏里升起

2013 年 10 月 6 日一稿
2024 年 11 月 8 日二稿

记　忆

一

雪打灯　灯温暖
风把春联吹得火一样红
而三匹白马
在天空的冰河里扑腾

父亲说　三星端　过大年
我们就抬头看三星
脸上冰冷　但很幸福

后来　孩子们回到了屋里
父亲还在一个人看
直到把三星看偏

二

又是一年三星端

雪拥年关马不前

杏儿岔的一座老院子门口

路弯弯　灯三盏

灯笼上贴红纸　我们过年

把红纸撕掉

我就陷入怀念

2013 年 9 月 16 日

灿　烂

那年你来县城看我
我陪你看烟花
寒冷　把节日的快乐
冻在我们脸上
烟花升起　我们笑出了疼
但没有错过灿烂的机会
天那么黑　烟花那么好看
我们还闻到了火药的气息
只是广场上已没有一个人了
我们是什么时候走散的呢

2020年2月19日

那年的冬天

冰冻三尺　岔里的山山坡坡
都冻得青紫
天也青紫　树也青紫
冒着炊烟的屋顶也青紫
我说出的每一句话　青紫
呵出的气　青紫

那天　我刚从城里回来
见着岔里的男人
就给每人点上一根烟
遇着岔里的女人　我就笑笑
笑容也青紫

当我推开家门时　看见父亲
正在院子里打家具
他说二哥就要结婚了
虽然他腿上只穿着一条单裤
可他多么高兴啊

只是他青紫的脸色

多年后　还被我想起

他一定被那年的冬天冻透了

2021 年 5 月 18 日

打　庄

父亲说树大分枝

他十几岁就开始打庄

先是帮着爷爷打　然后给自己打

在老庄前打一个新庄

再打一个新庄

打上一个土围子　箍上窑

窑里盘上炕

当儿子们一个个长大

有了各自的庄

父亲就从自己的庄子里出来

一家家走去

像一个年老的将军

巡视营寨

但从我四弟家出来

就折了回去

那时　他只能走这么远了

他一直担心

我在外边没有庄子住

也担心他死了没人守他的老庄

说好了要到兰州来看看

可至今　他都没有来

2006年5月

父亲与土地

家里有一亩三分自留地的时候

父亲说　还不如他屁股上的一块补丁大

那时他正对土地有一股狠劲

后来分了责任田　有几十亩

父亲还嫌少

把自家的地埂越削越细

硬是多削出一垄地来

那年　有人搬到城里开小卖铺了

父亲把人家的几亩地一种就是五年

恨不得让每一株庄稼

都长成一棵大树

可从大前年开始　父亲叹息一声

先是把人家的地还给了人家

说老了　实在犟不过地了

后来在自家的陡坡地里全种上树

不种粮食了

只留下门前的几亩梯田

今年过年　父亲说梯田也不种了

送给我四弟种吧

说时一脸对不起自己领土的痛苦

想起二十年前

父亲非要给我在岔里找个媳妇

就是为了多分几亩责任田

后来两个妹妹出嫁了

一大片好地被划了出去

父亲心疼得真想扑到地埂上

在那里狠狠吞上几口

如今　父亲蹲在门口晒太阳

风从他耕种过的地里刮来

眼看土就要埋到他的脖梗了

我知道一个农民　最终留给自己的土地

有多大

2006年10月

回家小记

把落在桌面上的尘土擦一擦
也把坛坛罐罐背后的灰尘扫一扫
把那些陈年旧事中
淡淡的不快轻轻扫掉

把火炉筒子敲一敲
把积攒的烟尘抖一抖
把堵在烟囱里的疙疙瘩瘩
一一捅掉

把玻璃擦擦
把雨点擦去　　把雪花擦去
也把沙尘暴留下的痕迹擦去

再给父亲理理发吧
真想把那可怜的几根黑发留下
把越来越多的白发全都剪掉
但我还是把白发黑发一起剪短
让那些黑黑白白的日子慢慢再长

——————
2009 年 8 月

秋天的经历

秋天了

坡上最高的一棵白杨树

树叶最先黄了

但我这时候来到岔里

不是来看秋天的

而是来看一个生病的老人

那时　五谷的气息

还有草药的气味

都来自一个人的身体

他一翻身

一个秋天就会倾斜

我坐在他的身边

就像坐在一棵树下

吹过他头顶的风

全都吹到了我的心里

那天　我一句话也没有说
只听见屋外的树叶
落满秋天的大地

2011 年 11 月

心　疼

这么多年　我只知道父亲的骨头很硬
却从不知道父亲的一根肋骨断过
就像我不知道父亲的好多经历一样
但面对医院拍的片子
医生说陈旧性骨折
那是一次怎样猛烈的撞击啊
硬气的父亲是不是疼得喊出了声
他说不记得到底是哪一次了
他感到吃惊　也有些不好意思
仿佛被我看见了他的秘密
弯弯的肋骨就那么弯弯地断着
像门口的栅栏断了一根
风雪一直吹向栅栏深处的心
那一紧一缩着
像拳头样一次次攥紧的心啊
现在他腿疼　腰疼　头疼　胃疼
七十多年的磕磕碰碰
现在才感觉出疼来

疼得实在不行了　　就去了一次医院

这是他第一次向疼痛低头

但他从来不说心疼

2011 年 4 月

父亲的骄傲

儿子小时候学习好　他在岔里走路步大

儿子考上了师范学校　他在人前面说话声大

儿子有了工作　他见人就发纸烟

儿子当了一个小领导　来人他就端好茶

直到病了　有人去看他

他说　儿子给他请了好医生

儿子给他买了最好的药

儿子好长时间没有回家了

他给别人说　儿子天天给他打电话

直到病得皮包骨头了　还要给儿子活着

一个热爱了一辈子土地的父亲

他的骄傲　是儿子走出了这片土地

可他一直不知道　儿子并不是为他活着

2018 年 4 月 16 日

天 气

那一年　杏儿岔风调雨顺
庄稼欢得让人担心
你说这么好的庄稼
肯定是要送走一个老人
那时　地里起了风
一浪一浪的青苗　向着你奔跑
就像听到一声声唢呐的召唤
纷纷赶来的乡亲
那一年
你把所有的粮食都留给了人间
那年的庄稼
是你一辈子最好的一茬

2014年2月9日

灯　光

黑灯瞎火的杏儿岔
只有我家的上房里亮着一盏灯
像荒原上唯一的一朵秋菊
父亲说　把灯吹了　睡吧
但我没有
这个晚上　我特别怕黑
忍不住想起
岔里那些已经去世的人们
他们的背影　那么黑
我知道　今夜守着父亲
就是守着我的灯光
灯光以外的地方　都是无边的黑暗
那是父亲去世的前天夜里
他那么安静地等着
一盏油灯　坚持着最后的光亮
那一夜　神都去了哪里

2014年2月22日

又一次干净体面的父亲

一辈子都爱干净体面的你

只剩一把瘦骨头了

你还要让我替你擦洗一下

那就先从额头开始

像擦拭一轮夕阳

毛巾上的热气像弯曲的光芒

擦过你眼角的鱼尾纹

擦掉你耳朵边上的泥土

在你的鼻子下　你的气息

像小草抚摸着我的手背

至于这张吃苦把一口牙都吃没了的嘴

我只在你的嘴角上轻轻擦擦

擦掉你一次次咬紧牙关时

留在那里的疼

擦过被你一辈子挣细了的脖子

就摸到了你前胸的两排肋骨

我在另一首诗中写过

断了的那根　至今还断着

像一直都没接上茬的一段生活

而这双在土里刨了一辈子的手

我都不忍心说了

关节粗大　指甲开裂

渗到皮肤里的柴草的绿汁

最终都没有洗尽

握着你的手

我仿佛握住了一把温热的柴草

当我帮着你翻过身来

发现你的腰椎居然错位

多年来　你就一直在错位中挺着腰板

那时　为了不让眼泪掉到你身上

我抬头看了看屋顶

我知道屋顶的上面是蓝蓝的天空

擦到你拐棍样的双腿时

看见你左边的膝盖骨向外偏移

原来你的每一根骨头　都经历过痛苦

人生的有些直路

也被你走得一弯一拐

然后　洗洗你的脚

替你刮掉脚上的老茧

这样　你就又一次干干净净了

干净得几乎什么都没有了

我看到一把骨头的微笑

那么无助

2012 年 5 月 10 日

那天，父亲坐了十分钟

你说　你想坐一会儿
这已是你对生命的最后请求
在我眼里一直站得顶天立地的你
此刻　我却只能把你慢慢扶起
背靠着我的胸脯在炕上坐坐
我感到你的温暖像扯去了柴火的热炕
热得没有力气
我保持了和你一致的呼吸
只让心跳像一只小小的拳头
小心捶打着你疼痛的后背
很快你就把头靠在我的肩上
像一个困极了的孩子
我多想学着小时候你抱我的样子
拍着你说好好听话　困了就睡吧
可我只在嘴角咬住了一滴眼泪
你问我天亮了吗
你是觉得一生的黑夜太多　盼着天亮
还是想说天一亮　你又坚持了一夜

但你只坐了十分钟

就慢慢地从我的怀里滑了下去

十分钟　只是孩子们课间休息的时间

却是你最后一次头顶着青天的时间

然后就一直在炕上躺着

喘着粗气

仿佛要把一生的累都喘出来

那就别打扰这个辛苦的农民

让他好好躺上几天

不用耕地　不用拔麦

也不用扫雪　碾场　饮驴　赶集

然而　谁知你是在积攒着力气

准备着出门远行

你呀　一辈子都改不了你的急性子

2012年5月9日

四月的杏花

浩风如水
水上漂满花瓣

我听见杏花在门前屋后
叫着一个人的名字

花朵献给神灵
果实留给后人
我只求那个栽树的老人
不要离我而去

但今天
杏花把一个院子围成了花圈
一个老人
就是花圈中间的那个字

我五十年来最大的一次悲痛
就是今年的这场杏花
只为一个老人开放

2012 年 4 月 23 日—2012 年 5 月 8 日

烈 士

我终于明白　父亲的去世
应该叫作牺牲　或者就义
在杏儿岔的战场上
他率领着野菜　打败了饥饿
他指挥着自己的骨头
战胜了疾病和不幸
他一次次大吼着
粉碎了来自背后的阴谋
他命令妻儿老小
一次次打退迎面而来的冲锋
阻击战　阵地战　突围战　保卫战
一场又一场的战斗中
身上留下了那么多的伤
有一次　他把咬碎的牙齿
咽到了肚子里
至于他让我突围而去
是想寻求一种救援
可当我回来时　战场上已一片狼藉

我看到了他的殊死搏斗

但我没能救下宁死不屈的父亲

从此　我心里就埋下了报仇雪恨的种子

每一场战斗

父亲都是我们英雄的旗帜

―――――――――

2018 年 5 月 20 日

写在地上的碑文

1935 年　你出生在一个富农家里
那时　红军正走在长征的路上
到了 1949 年　你却成了中农
因为当年你有一个在兰州上学的大哥
据说是一个地下党员
把家里的百十亩土地和八头骡子
都上了学和参加了革命
大哥很年轻就没了
多年后　从老宅子的后院里
挖出一窑洞长长短短生锈的枪
你对大哥和革命充满了想象
对你的阶级成分感到自豪
只是 1949 年前　我的爷爷给你订了婚
给你娶了个富农的女儿
让你好些年都觉得吃亏
和我母亲吵架　只一句你个地主富农
母亲便哑口无言
但后来你当了生产队长

让队里的地主富农沾了你的光

那时斗地主富农分子像刮十二级台风

只是斗了几次　你就不让斗了

你说开一场斗争会就要耽误多少地里的活

因此你被公社和大队没少批评

至今地主富农分子的后代还念你的情

不说你没有阶级立场

只说你这人心好

虽然你也得罪了一些人

但心好的事你还真做了不少

比如那年队里的一个光棍

不知从哪里领来个媳妇

公社说属于坏分子　让赶回老家去

可你硬让留了下来

你说队里缺劳力　那媳妇是个干活的好手

那光棍后来生了儿子　儿子上了大学

在你病重的日子里　光棍的媳妇来看你

说没你老人家　就没他们一家人

说着眼泪已流到了她的下巴上

你干过的最大的一件好事

是领着大家　把岔里的几百亩陡坡地

修成了梯田

那流着黑汗白汗的日子里

你打着灯笼催大家起鸡叫睡半夜

催不动了　就满峁里吼着骂人家的先人

当然人家也在背地里骂你的先人

可当梯田里长出了那么欢的庄稼

峁里人的肚子饱了　心里的疙瘩也就没了

为此你成了一名党员

每次党员开会

你都先刮光了胡子　穿一身新衣服去

路上遇见人　就说我们党员开会

包产到户　你也分到了十几亩梯田

你说这是你的天心地胆

有时候你蹲在地埂上瞅着地里的庄稼

瞅见那里挤出一棵草

就过去一把揪出来

就像你大哥当年揪出一个特务

有一年　你的麦子在峁里长得最好

你就当了一回乡里的人大代表

但你举手选出来的乡长

因为多收了大家每人一角钱

你就和乡长大吵了一架

甚至把一只热水瓶摔到了乡长身上

你说　你要把这个没良心的乡长给撤了

这成了你在岔里的一个笑话

对于我们家　你最大的贡献

是生了四个儿子　个个都娶上了媳妇

儿子给你的回报　是在你生病后

给你打了一口松木棺材

你还生了两个女儿

你去世时穿的老衣　就是她们做的

看你穿得像个老员外

仿佛时间倒退了几百年

那天　你的大儿子正在梯田里种着荞麦

秋后那里将长满一地的小灯笼

像你修梯田时的满山灯火

你的二儿子正在他的川地里锄着玉米

他是个把粮食当命的人

三儿子正在城里的电脑上忙着敲字

他是一个记者

四儿子是村主任　那天刚开完会

骑着摩托车　急匆匆奔驰在回家的路上

两个女儿不知道你已经到了最后
还在各自的家里忙着
而你念叨着儿女们的小名
等着他们来看你
这是你一生中最艰难的时刻
双手颤颤抖抖的富农女儿
抹着老泪一遍遍给你喂水
一遍遍擦着你滚烫的额头
母亲后来说　你先后两次
夜里从炕上滚到了地上
是她两次都把你抱到了炕上
半夜的岔里　喊破了嗓子
也喊不来一个人
不知七十八岁的老母亲哪来这么大的力气
当儿女们终于围在你的炕头前时
在你眼里　他们多像几粒种子
洒落在陈年的草垛前
每一粒都让你感到心疼
你对着他们微笑
好像对每一个孩子都表达着歉意
当然你并不知道其中的一个儿子

外边的人都叫他诗人

当唢呐猛地从岔里响起

四月的杏花就被纷纷吹落在地

跪在杏花中的一个儿子

在他膝盖前的空地上

用手指给你写下这样的碑文

　　一个种了一辈子地的人

　　最后把自己种在了土里

　　公元二〇一二年农历四月初七日

―――――――――――

2012年6月11日

父亲的遗产

自己头顶的天　以后让儿孙们去顶
自己种过的地　以后让儿孙们去种
这些都不用说
要说的是　你有四男二女
六个孙子　三个孙女　六个外孙
你很满意自己的根系发达
你有三化肥袋小麦　两袋荞麦
一大袋胡麻和一小袋扁豆
这是你最后节余的口粮
我从你锁在箱子里的塑料袋中
找到了你所有的积蓄
三百三十元五角二分人民币
　　两张一百的　一张五十的
　　两张二十的　一张十元的
　　五张五元的　四张一元的
　　三张五角的　两张一分的
从大到小　抚得平平展展
夹在一本早年的《毛泽东选集》中

母亲告诉我　这些钱是你留给我的

是你从我给你的钱中节俭出来的

你说城里费钱　这些就都留给老三

箱子里还有你珍藏的一些字纸

一份医院病历

一张退耕还林管理卡

一份修建球形水窖合同

一张贷款凭据

一张还款清单

一张农民承担义务明白卡

两张农业纳税通知单

一份畜力播种机说明书

一本党费证

一本农村土地承包经营书

承包书上是这样写的

  承包人　牛永得

  人口　7人

  承包面积　47亩

  土地类型　旱地

  承包期限　1981年—1999年

我还从你的上房墙上剥下来一张选民证

一张王家庙乡第十二届人民代表大会代表证
两张奖状
一张是乡政府发的"遵纪守法光荣户"
另一张还是乡政府发的"五好家庭"证
你把它们贴在墙上
让好多来看你的人一眼就能看到
现在我要把它们从这里带走
然后　我从你的抽屉里看到了几粒止痛片
这种伴随了你几十年的药片
像你衬衣上的那几枚白纽扣
是它们掩盖了你不让我们看见的疼痛
但它们此刻都已失效

2012年5月11日

布 谷

再过些日子　山坡才可以绿透
春天像是刚刚出门的样子

再过些时辰　院子就要空寂下来
家里剩下的人　就要离开这里

那时　我的父亲去世不久

当我刚把一只脚跨出大门
就听见屋后的杏树上　布谷叫了一声

有一根钉子　把那时的情景
钉在了老家的门槛上

2016 年 9 月 17 日

带着父亲的照片回兰州

我说到兰州来看看吧

看看你儿子在城里怎样生活

春天说了　你忙着种完了扁豆

还要种麦

夏天说了　你说莜麦刚刚拔完

胡麻已经黄了

那么秋天呢　秋天要碾场

还要挖土豆

一场大雪　土豆就会冻死

冬天总该闲了吧

可你说冬天得给毛驴铡草　饮水

还有过年的猪也得好好喂着

要不　今年就没啥送我

等到你实在种不动地了

只能拄着拐棍在地边上看看的时候

你说老了　头晕　坐不成车了

请你到城里来

就像请一棵老树离开故土

那年　我干脆把母亲接到城里

可你还是没来

你说家里摊子大　走了不放心

直到走不动了　躺在了炕上

我说送你到城里的医院去看看

等病好了　再把你送回来

你硬是不去　说急了就骂娘

你是怕一离开　就再也回不来了

可今天　我把你的粮食卖了

把你的门锁了

在胸口的衣袋里装上你的照片

就回了兰州

我这样做时　躺在土里的你

一定很生气

那就好好骂我一顿吧

把这些年来我所有对不起你的事儿

都骂出来

今夜　我在梦里等你

―――――――

2012年5月19日

父亲的电话号码

好几年了　每天下班
我都要拨通这个电话
区号0943　号码3528647
问你今天的天气
问你穿多了还是穿少了
问你今天吃的什么
问你一顿能吃多少
问你是否按时吃药
问你的头是不是今天还晕
问你是否喝了罐罐茶
问你今天抽了几支烟
问你是否到门口去转了转
问你的腿是不是今天疼得慢点
好像一个老师
每天检查你的家庭作业
当然你也顺便检查检查我
问我最近是否出差
问我是不是还晕车

问我出门在外能不能吃好

在你心里我一直是小时候

那个吃不饱肚子的样子

后来才知道有时你给我撒谎

报喜不报忧成了你晚年的一个习惯

从去年开始　你的耳朵有点背了

因此　我把每一句话

都要说上两遍　或者三遍

你才能听清

后来你又口齿不清

你必须说上两遍　或者三遍

我才能听懂

有一次　你忽然奇怪地问我

怎么天不亮就打电话

我吃了一惊

你那时已经晨昏不分

直到有一次你接着电话

却忽然没了声音

我接着再打　接电话的却是母亲

母亲说　你接电话头晕

于是　我赶回老家去看你

从此　这个电话

就再也不能打给你了

从此　每天下班后

我就一个人在办公室里坐坐

看着手边的电话

默默地想想那个号码

然后默默地回家

2012 年 7 月 18 日

今年的故乡

岔里只少了一个老人
故乡就显得这么空旷
连阳光也亮得没遮没挡

草还是往年的那些草
今年却绿得失去了重心
它们绿给谁看呢

满山满坡的庄稼
今年黄得迟了几天
它们好像还在等那个老人

我来到这里时
老院子门口的杏树
忽然横过来一根枝条
把我这个不孝的儿子
挡在了门外

2012年8月28日

杏儿岔多了一座山

岔里又多了一座山

一座以你的名字命名的山

我在你的山前栽上树

种满庄稼

但当我坐在你的地埂上

和你拉家常时

却只是我在说　你在听

有时　会有一棵小草

先摇摇头

然后又点点头

有一次　我打开手机

想让远处的亲人也给你说说话

可手机没有信号

我这才意识到　你真的生活在

与世隔绝的大山深处

2014 年 1 月 22 日

想起你,就想叫你一声

不是有意要想你

却经常想起

想起你　就想叫你一声

不是非要叫

而是不小心已叫出了声

不用城里人说的普通话

而是用咱老家的土话

土话把父亲叫大

大　写这首诗时

我又忍不住叫出了声

就像你去世后　布谷鸟

在你的门前叫了一声

忽然　又像受了惊吓

好半天再没出声

2013 年 9 月 26 日

春节,致父亲

此刻　窗外是满天礼花
活着的人正在过年
此刻　你一定心有不甘
想起有关你的细节
想起我刚刚学会爱你
却已经成为怀念
我就低下头来
父亲　过年的时候
是该说些吉祥的话
祝你在那边　春节愉快
四季安康

2014 年 2 月 15 日

苍 凉

你站在风中　我就顶风而来

你站在雨中　我就冒雨而来

你站在阳光里　我就迎着阳光而来

你站在星光下　我就披着星光而来

站着站着　你的腰就慢慢弯了

站着站着　你就拄了一根拐棍

再后来　你就拄了两根

那已是你最后一次站在自家的门口

现在我还是沿着那条山路而来

你身后的山峦和土崖还在

你面前的土地和你门口的老杏树还在

你的老屋子还在

一切都在　只有你不在

想象你当时的心情　向山梁上看去

一生的苍凉就白云一样飘荡

2014年5月13日

老家的一只闹钟

两年了　没有人再看过这只闹钟
但它在老家的堂桌上一直走着
它要把这没人看的时间
坚持走下去
我相信一只闹钟的寂寞和荒凉
也相信时间在这里的悲伤
一根秒针的走法　和一个人的心跳
多么像
父亲说过　它一直走得很准
可那天下午五点五十四分的时候
秒针却在那里迟疑了一下
然后才猛地跳了过去
仿佛一个人瞬间做出的抉择
难道时间也有时间的坎
那是父亲一咬牙离开我们的时间
现在　我把两年来写给父亲的诗歌
都压在闹钟下面
多么希望父亲回家时随手翻翻

2014年4月5日清明节

一棵蒿草

在一棵蒿草的记忆中

总有人白天在地里忙着

晚上在屋里睡觉

怎么一转眼　人就不见了呢

朝这个门里看看

朝那个窗户瞅瞅

一直没有灯盏亮起

于是　一棵蒿草

就学着一个老人的样子

有时跺跺脚　咳嗽一声

有时弯着腰扫扫落叶

或者一地的月光

天气和暖　不吹风的日子

蹲在上房的台阶上

静静地听着阳光落地的声音

刮风下雨的时候

和老天发发脾气

然后慢慢平静下来

再然后　陷入漫长的寂寞

当我吱地一声推开大门

就看见了一棵蒿草的悲欣交集

2014年8月6日

想起一场大雪

想起那场大雪

就想起白茫茫的年关上

跌跌撞撞的父亲

他坚持过了这个年关

就活到了七十八岁

雪落在他的头顶

雪落在他的胸口

雪　终于穿过了他的身体

当大雪下到他的身后时

已是 2012 年的春天

那雪

就下成了漫天的纸钱

风是后来才刮起来的

把整整一场大雪

都刮到了地埂下

那么白

2012 年 8 月 4 日

那些好词好句

像一个旧时的儿子　在遥远的地方

一直给父亲写信

写那些珍藏在民间的好词好句

五年了　当我又一次来到父亲的坟前

把其中的一封念出来时

山高天低　杏儿岔寂静无声

父亲未必知道　他含辛茹苦的一生

就是在走向这些高大而闪光的词语

那时　满山的草和庄稼

都像举行着仪式

虽然我写的信是念给一个人听的

但和我一起跪着的人们也能听到

树影移了过来

有几个人的背上　像背着荆条

随后　我们就给地下的父亲磕了三个头

每一次磕下　都像一首诗的标题

———————

2017年5月12日

父亲的雪

好安静的一个下午
好均匀的雪
当我从父亲的坟前站起时
雪却凹凸不平了
像一团风在那里激烈地刮过
或者有个人在那里跌了一跤
有一些雪粘在我的膝盖上
像两块白色的补丁
而更多的雪　在我的脚下
一路上嘱咐着什么

2019 年 3 月 17 日

风 景

父亲　你从没有出过远门

这我知道

可我在旅行的路上

几次梦见了你

梦见你时　这里的风景

正风起云涌

醒来

就从手机里找出你的照片

看了许久

2024 年 5 月 11 日

致 父 亲

在人世的广阔草原上

有时看见一棵小草的背影

多么像你

有时看见一只土里刨食的麻雀

多么像你

请原谅我从没把你比作一棵大树

或者一只雄鹰

因为你从没有像过它们

有时我会在小区门口出现的讣告前

默默地站上一阵

算算你比这个人多活了几年

还是比这个人少活了几岁

想想你这卑微普通的一生

活得够不够本

这几年世界发生了很多变化

但没变的是　我说话的声音

和生活的有些细节

还那么像你

我知道你把剩下的时间都给了我

我必须接过你的一生　慢慢活下去

像一棵小草　年年绿着

幸运时捧出一两个小小的花蕾

2014 年 5 月 30 日

第二辑

我把你的名字写在诗里

那时　全中国的字
都躲在书里
默不作声

字 纸

母亲弯下腰
把风吹到脚边的一页纸片
捡了起来

她想看看这纸上
有没有写字

然后踮起脚
把纸片别到墙缝里
别到一个孩子踩着板凳
才够得着的高处

不知那纸上写着什么
或许是孩子写错的一页作业

那时　墙缝里还别着
母亲梳头时
梳下的一团乱发

一个不识字的母亲

对她的孩子说　字纸

是不能随便踩在脚下的

就像老人的头发

不能踩在脚下一样

那一刻　全中国的字

都躲在书里

默不做声

2003 年 1 月

持灯者

必须撩起衣襟

必须轻挪小步

必须屏住呼吸

必须紧紧盯住如豆的灯光

才能把掩在怀里的一盏灯

从一个屋子端到另一个屋子

那么广大的黑暗

四处都是不甘心的风

母亲说　没有一根火柴了

她贫穷的一生

只有怀里的一盏灯

当另一间屋子亮起来时

我听见头顶的群星在奔走相告

2017 年 5 月 28 日

在春天

向着前面的花朵

一个孩子在田野上赤脚奔跑

忽然坐在地上哭了

从远处赶来的母亲

取出别在头发里的一根针

把扎在他脚底的刺挑了出来

然后对着脚心吹口气　说声不疼

就真不疼了

再之后　母亲就把一双布鞋

递到了他手上

2023 年 1 月

记忆：糖

那么热的天　父亲从县城回来

从兜里掏出一把糖

不用猜　肯定是八个

我们兄弟姊妹每人一个　共六个

一个给奶奶　一个给母亲

我们嘴里噙着糖的那个下午

阳光都是甜的

那块小小的糖纸　被我舔了又舔

直到把颜色都舔淡了

这才贴到墙上

像一张小小的奖状

父亲看我们的眼光　也很甜

过了好些天

不记得我做了一件什么好事

还是受了什么委屈

母亲从贴身的衣袋里摸出一颗糖

是那天的那颗

她剥开糖纸　咬了一半给我
把剩下的半颗又小心包好
装了回去
那时　我看见母亲也咂了咂嘴

只是剩下的那半颗糖呢
是后来给了弟弟　还是给了妹妹
或是给了奶奶呢
半颗糖　让我想了好久

那时的糖　怎么会那么甜呢

———————

2016 年 11 月 22 日

一个傍晚

晚饭已端到上房的炕桌上
乡下的灯光里
一家人围到了一起
可忽然我家的小猪跑了
夜色猛地黑了许多
不知道为什么让我去追
小猪被追回来了
只是炕桌上的碗都空了
当一个孩子的委屈
就要夺眶而出时
母亲不知从什么地方
又端出一个碗来

2017 年 3 月 28 日

风 雨 中

一片黑云从山头上翻了过来

田里劳作的人们　纷纷逃向各自的家门

但有一个女人　她那么柔弱

非要把一捆柴草背回家

刚刚被闪电照亮的身影

接着就被风雨模糊

但她始终和一捆柴草走在一起

她仿佛听见柴草让她先走

可她没有

她要把一缕炊烟背回家

山路泥泞　柴草越来越重

一次次被风雨推倒在地

她一次次又背了起来

像背着一片黑云

当她靠在地埂上喘气的时候

一低头看见湿衣服紧裹着的身体

没有人看到她忽然有些羞涩

那时　她的男人已跑回了家

她的毛驴和两只山羊也跑回了家

只有她和这捆柴草

还在路上

这是那年夏天　一件让风雨感动的事

2015 年 11 月 12 日

看母亲烧火做饭

风箱响起来了
就像你多年的哮喘
温存的柴草
用它一生的红汁
照亮你作为母亲的脸

烟熏火燎着
跪在灶口的母亲
和我说起一些往事
往事的缝隙里
就弥漫了饭香

母亲的饭极其简单
一碟苦咸菜　两碗洋芋蛋
就这么吃了多年
我却想不起第一顿
是怎么吃的

母亲　就让我

为你拉一回风箱吧

就像童年时一样

有了我的帮助

这顿饭就会别有一番滋味

2000 年 7 月

雨天:纳鞋底的母亲

母亲坐在窗前
把一双破布垫成的鞋底
纳得扎扎实实
我看她努力的样子
就像对付那些琐碎的日子

母亲的想法
其实比土还朴素
她要让行走在高原的儿子
比这天高地厚的高原
再高出一只鞋底的高度

窗外浑黄的雨水
正争先恐后
流进当院的窖里
想起天晴时
母亲早已改好的水路
我感到她一生的深谋远虑

她把针在头发里蹭一下

再用顶针顶过鞋底

我看见那针

其实只比母亲的白发

坚硬一些

并不比白发更白

雨下得正欢时

母亲抬起头

从窗眼里往外看了一会儿

那时　有几个溅起的雨点

打湿了褪色的窗花

1998年6月

肩上的尘土

过年了　我们又一次靠得这么近
母亲　你比儿子又矮了许多
但你还是举起关节粗大的右手
拍去我肩上的尘土
像小时候　我在山坡上玩着
被你唤回家喝汤
从肩上拍到脊背　再到胳膊
一直拍到我麻杆一样的瘦腿
今天　我从城里回来
你仿佛要把儿子的每一根骨头拍遍
可你不知道
有些尘土是你无法拍掉的
甚至你的儿子有时就是一粒尘土
在这个世界上飘来飘去
有时被人忽略　有时被人看见
有时被别人一巴掌拍远
有时却让有的人流下热泪
母亲啊　你就拍吧

我多么希望　你能把一个四十多岁的儿子
拍成小时候的样子

2006年2月

陪母亲去城里看病

一

母亲病了　好像她做了件
对不起我们兄弟的事情
陪着她从岔里出来时
就像陪着一个犯了错的孩子
到别人家去赔不是
她一再给我说　都是她自己不小心
一个感冒
怎么就比一捆麦子还重哩
说背不动　就背不动了

二

搀着母亲去病房的路上
我感到她的胳膊　瘦得我不敢用力
我只能从腰里把她扶住

那时　有人看了我们一眼
看一个肥胖的儿子
扶着他又瘦又小的农民母亲
像走在齐腰深的水中
或许脚下一个小小的磕碰
就会绊她一个趔趄

三

在并不很白的床单上
当医生撩起母亲的大襟衣服
把听诊器放在她胸口时
我看见母亲的乳房
像两只什么也掏不出的衣袋
早已不是我小时候见过的那样
此刻她没有拉下衣服
是因为没有力气
也知道不能

布满老年斑的皮肤
更像一件打满补丁的衬衣

皱皱巴巴

穿在母亲身上

四

抽血化验

我看见和我的血一样红的

母亲的血

在试管里像一段烧红的钢筋

被护士小心地提走

我不知道她们能化验出什么

是一朵苦苦菜在一滴血里的影子

还是一把捂住伤口的黄土

渗进血管里的土渣渣

或者为一个人燃烧过的热血

留下的灰烬

忽然想起我小时候得了天花

母亲为我输过一次血

五

母亲说　那吊针

像冬天的雪水

从屋檐上滴下来

都滴了一天了

该滴满一瓦盆了吧

饮一顿驴都够了

人怎么能装下这么多水呢

六

那天父亲来看母亲

我第一次见

父亲对母亲这么温存

他对母亲说咱家的过年猪

这些天不好好吃食

咱家的老毛驴　怕熬不过这个冬天

还说岔里的谁前几天过世了

人家的事办得好　去了好多人

说着摘下帽子　拍了拍上面的土
呛得母亲咳出了眼泪
父亲这才发现　病床前
可不是咱自家的炕头上

———————
2007 年 10 月

刨土豆的母亲

一

那天　母亲跪在地里刨着土豆
她不用锄头而用手刨
是因为她怕锄头伤着了土豆
她不想让土豆带着疼痛出门
她只刨大的
让小的再等等
就像早上先把最大的孩子叫醒
她听见土豆离开根的声音
像剪断脐带

二

面对着新刨的土豆
母亲拿起这个　又放下那个
像当年要选一个孩子去上学

让她左右为难

后来数了数　正好六个

六六大顺　我们兄弟姊妹也是六个

那个最土头土脸的

像大哥呢　还是像四弟

我们都有一张土豆的脸

三

母亲用手揩土豆的样子

像她年轻时从地里回来

挨个儿揩着我们脸上的泪或者汗水

如果把六个土豆排成一队

土豆地就是乡村小学的操场了

稍息　立正　预备唱

土豆会唱一首什么歌呢

而如果这时说声解散

土豆就会麻雀样訇的一下四散飞去

四

临出门了
母亲把用衣襟撩着的六个土豆
硬塞到我的挎包里
像一个古代的母亲送儿子上京赴考
把六个银疙瘩揣到儿子怀里
但我的母亲从没见过银子
她只说这是她种的土豆
比城里的好吃

五

一个天高云淡的日子
母亲站在秋风中　弯着腰
目送一个大土豆
背着几个小土豆去了兰州

2011 年 11 月

温　暖

感到冷了　　就躺在你的身边取暖
几十年了　　都是如此
是我把你身体里的温暖　　一点点取走
在温暖自己的同时
也去温暖我要温暖的人
而且　　我还用你的灯盏
把我的灯盏点亮
像人间的两颗星星
照着星光下行走的亲人
有风的时候　　我们就伸出双手
小心地呵护住那点光芒
那年冬天　　睡在你的炕上
我们就互相照亮着　　说些温暖的话
把屋子的每个角落都暖热了
有时什么也不说
只是呼吸均匀　　胸脯起伏
让时光的脚步
在我们的身上翻山越岭

再靠近点　我们就听见彼此的心跳了

一颗已经苍老　另一颗即将苍老

那时　当我想到幸福这个词时

就只想幸福　不想别的

2015 年 11 月 26 日感恩节

和母亲散步

就这样慢慢地走着

因为母亲已经走不快了

也许是她舍不得走快

怕把剩下的路程走完

因此　我必须慢下来

我要等等母亲

当夕阳从背后看着我们时

母亲的拐棍

就在我们的影子之间

画了一条数学上的分数线

一边是分母

一边是分子

这时我忽然想到了父亲

那根拐棍的位置其实应该是他的

但我什么也没有说

我不知道母亲在想些什么

她只是在这个黄昏慢慢地走着

有时停下来

看看身边流过的黄河

2012年8月16日

教母亲识字

父亲去世后　七十八岁的老母亲
比以前更老了
但那天她红着脸　说她想认字
像我小时候拽着她的胳膊说
妈　我要上学
那就从一本《幼儿识字》开始吧
也请你老人家回到小时候
让我当你的大人和老师
先认"人"字
男人的人　女人的人
好人的人　坏人的人
当母亲写下一个弯腰驼背的人字后
却问我父亲的名字怎么写
我犹豫了一下　但还是写了出来
那天母亲就默默地念着
把父亲的名字写了满满一页纸
第二天　她还学会了自己的名字
就把她的名字写到父亲的名字后面

这让我想起父亲活着的时候

她一直都跟在父亲身后

从来没有在父亲的前面走过

她说这是老人教的规矩

接着还学会了小麦　扁豆　玉米　胡麻

还有苜蓿　韭菜　萝卜

写下这些植物的名字时

母亲脸上露出丰收的光芒

她说她还要学数字

学了数字就认得钱了

等到了另一世　就不会被人骗了

因此　当我看她写数字的时候

就仿佛是看她在一分一分地算钱

妈　你要认字你就认吧

只是你千万别让我难过

2013年2月5日

在 路 上

坐在开往会宁的班车上

左边是广阔的玉米

右边是连绵的胡麻

它们和往年的不同

是多长了几分忧伤

看见一只小小的鹰

在胡麻地上好像盘旋了很久

不知道它在寻找什么

也不知道它如果飞走了

什么时候还回来

就像我每次回家

都不知道下次回来的时间

忽然　身边的女孩打起了电话

说妈　今晚我就回家了

我要吃你亲手擀的面片片

我看见女孩面对着电话撒娇

那幸福　像田野上的阳光

而我深深地叹了口气

我的父亲已经去世
今天我急着回去
是去看望我生病的妈
当然那个幸福的女孩　她不知道
以后的事情　她还没有遇到

————————

2014 年 8 月 12 日

那天是我的生日

那天　坐在你的病床前

看液体一滴一滴进入你的身体

我多么希望你失去的时间

能一秒一秒地回来

那天　你的儿女们都来看你了

你只告诉他们　疼啊

你盯着其中的一个流下了眼泪

后来　你抬起干瘦的五指

拢了拢自己的白发

出身富农的你　虽然穷了半辈子

但还是不愿意在人前乱了头发

其实你的儿子也有白发了

我只是不敢告诉你

我一次次戴上你的老花镜

看着药瓶上的说明

对这些药品充满了期待

突然　你问我今天是什么日子

我说妈　今天是我的生日

你就捏了捏我的手

五十二年前的今天

你肯定也是这样捏了捏我的手

2014 年 7 月 25 日

想写下自己的乳名

在母亲的手术单上

我忽然想写下自己的乳名

但医生没有同意

医生说只能签上身份证的名字

但这个名字除了发表诗歌

就是领取工资

今天签下这个名字时

我却感到了自己的残忍

是一个儿子把自己的母亲

交给了一把刀

让母亲又一次迎着危险

而我站在她的身后

直到后来我写下这样的诗句

一个从刀尖上走过的人

一定能被一把刀救起

我还没有原谅自己

那天　你一直喊着我的乳名

你坚信喊着我的名字就会减轻疼痛

直到你被推出手术室时

还在迷迷糊糊地喊着

我赶紧答应了一声

2014年9月9日

抱着母亲

我说搂紧点　你就搂紧了我的肩膀
我说慢慢坐下　你就慢慢坐下
我把你从炕上抱到轮椅上
又从轮椅上抱到炕上
你一定感到了儿子的力气比你大
我胸前的纽扣硌疼了你的胸口
伸手去摸时　摸到了你松弛的乳房
你没有幸福感　也没有羞涩感
只给我说　没事的　没事的　只是一点点疼
待你坐好了　我说咱就吃点吧
吃点　再吃点　多吃点就有力气了
你不是常说　人靠的是五谷的力气嘛
想起你年轻时吃糠咽菜的样子
多想让你现在每次都能吃饱
可你吃得那么少
你把五谷给你的力气
正一点点还给了土地上长出来的五谷

2014 年 9 月 11 日

回乡遇雾

昨夜　秋风下山

洒扫庭除

今晨　白云铺路

万物安静

这时　一个人走在路上

诚惶诚恐

如果他挥挥手

可能就天高云淡

但他只叫了声

妈——

一滴巨大的乳汁

就在杏儿岔慢慢洇开

2014 年 8 月 20 日

叫菊花的人

因为你

我爱世间所有的菊花

不是你叫了菊花的名字

而是菊花叫了你的名字

第一次把你叫菊花的那个人

早已成为你扎根的黄土

当你往高高的山梁上一站

杏儿岔就亮了

我把一朵菊花喊妈

2013年10月15日

我把你的名字写在诗里

一

当我从兰州赶来看你的时候
你只能伸出一只干枯的右手
摸索着把我握住
握得那样紧啊
只听见你粗重的呼吸
像有人在你的喉咙里拉着大锯
一棵生命的大树
就要被锯倒
就这样我们握了整整两天两夜
让我见证了
你在人间经受的最后的苦难
渐渐地你就没有了力气
松开手的那一刻
我听见我们之间的血脉
被嘣的一声剪断

我没能把你拽住

这是你一生中对我最失望的一次

二

二〇一五年农历正月十四日

上午七点五十分

所有为正月十五准备的彩灯

全都熄灭

杏儿岔的一场大雪　铺天盖地

忽然　山川草木

跟着我一起喊妈

你种过的每一粒粮食

此刻都重孝上身

你没有说我的娃别哭

也没有把我从雪地上拉起来

从此　哭与不哭

都得我自己决定

三

现在想想　是谁把你害成了这样

四

记得那年你半夜爬起来

去拔生产队的苜蓿

被看夜的人追赶到一孔塌窑里

在头上打起那么大的一个包

你说那一夜的月亮

吓得比你的脸色还白

可娃们第二天醒来

都哭着不吃苜蓿菜

他们要吃面做的馍馍

你只好把留给父亲的一个面馍馍

掰下半个　分给娃

而你从水里捞起一把苜蓿

塞到自己嘴里

眼泪就像捏菜水一样流了下来

五

你一辈子的自豪

是你的娃一个都没饿死

一个个站在你的周围

像一根根柱子撑起你的屋顶

可那年你的屋子都快塌了

风好大　雨好冷

但你还是抹了一把眼泪

把准备上吊的那根草绳

扔出去好远

你怕你的娃以后再没人疼了

从此　不管日子怎么逼你

你都要活着

这一次　你怎么就忍心

不想活了呢

六

你说你疼老大

是因为老大挨的饿多

只要你每吃一口好的

都在心里记着老大

疼老二

是因为老二在外面受的苦多

因此每花一分钱

你都说挣钱不容易

而疼老三

是因为老三干着公家的事

干公家的事操心多

遇着多难的事你都不给老三说

至于疼老四

是因为活到老　偏老小

老四在你眼里一直没有长大

还有两个女儿

因为没有上学念过书

是你一辈子的牵挂

七

七十岁以后　你说谁给你一碗汤喝

谁就是你的孝子

可好几年　你和父亲守在老宅子里

病歪歪着自己烧汤喝

生一顿　熟一顿

就是不去和你的任何一个娃一起过

你怕给娃添麻烦　一口汤喝得不顺气

父亲去世后　我把你接到了兰州

可你从没把兰州当过你的家

下班后我陪着你散步

看见高楼　你说头晕

看着远处的灯火　你说好凄凉

而你一个人在屋子里待着

你说就像是在坐监狱

虽然你在兰州学会了很多

比如怎样上家里的厕所

怎样一个人洗澡

而且还学会了写几十个汉字

但改变不了的是

你总是把没有倒掉的剩饭

在我下班前赶紧吃掉

有一次我真的和你生了气

可你说挨过饿的人
一辈子都不能糟蹋粮食
而且几乎每次吃饭
都要把你碗里的饭菜夹一半给我
你总是担心饭不够吃
把你上班干活的娃饿着
但给你解释多了　你就不高兴
妈　兰州的汤　你一定喝得不顺气
后来　你总问我城里的老人死了
是不是都要被火化
我先是含糊　后来就告诉了你
从此你就不再说起这个话题
一年后　你去县城看我的弟弟
说好了看一看就回来
可一去就不想来了
接着就和房颤　脑梗　股骨头骨折
打上了交道
住院　转院　抢救　手术
之后就坐上了轮椅
在轮椅上看天　晒太阳　上厕所
想心事

直至脑溢血

去世后　我看见了你眼角的泪水

那是你对人世的伤感

还是留恋

八

老天爷啊

孤苦无助时　我曾这样仰天大吼

而你只是喃喃地说　头上总有个天哩

不管是天阴天晴

还是刮风下雨

天都在你的头顶

凡事你都干给天看

心里有话　你就说给天听

那年我背上长了一个毒疮

你急得像热锅上的蚂蚁

流着泪向人借钱买药

跪在院里向老天祷告

说把这些罪都降给你吧

只要你的娃好起来

老天爷啊　你怎么连这话也听

九

有一年你去看姥姥

回来时舅舅掏钱让你坐了班车

可半路上还得换一次车

你却身无分文

你对司机说　你有一个娃

在县一中念书　学习很好

可就是老饿着肚子

你要把姥姥给的几个馍馍

给娃送去

到了城里　娃一定会补上车票

你流着泪坐上了车

为此你常常念叨　在这个世界上

你也遇到过好人

当我的二舅　三舅　四舅　五舅

还有你唯一的姐姐　最后一次来看你时

你嘱咐我要把路费给舅舅和大姨

你说路上没钱　可是够难为人的

妈　我都给了

那天　我给他们的

还有满把满把的老泪

十

在你病重的日子里

你老说你好多年都没回娘家了

还说那年姥爷吆着毛驴

把回娘家的你　送到我家

连夜回去　不久就没了

姥爷咽气时叫着你的乳名

说真不该把你嫁到这么远

中间的这段路太难走

要不是现在病成了这样

你说你拄一根柳棍也就去了

可你终究没能回到娘家

那天　我们把你拉到了老家

一个让你伤透了心的地方

但除了杏儿岔　这么大一个世界

真的再没有你葬身的地方

十一

年轻的时候　你说你遇上我的父亲
这是你的命
因此　你对父亲说
这辈子死也要死在牛家屋里
可一辈子都快过去了
有一次你忽然撂下一句狠话
说你死了决不和我父亲埋在一起
这让脾气暴躁的父亲
好几天都无话可说
妈　这是你一时的气话
还是你最后的决定
在你去世前的那个春节
你说你老梦见父亲在到处找你
找着了就骂你躲到城里不管他了
我不知道这是父亲想你了
还是你想父亲了

十二

东山葬父　西山葬母

那天在太阳升起之前

是儿子亲手把你埋到了山上

那时那么多人都给你跪下磕头

一辈子活得卑微可怜的你

终于风光了一回

那么多花圈跟在你的身后

那么悠长的唢呐声

在前面为你开路

好多星星都被吹落在你的周围

跪吧

让那些亏欠过你的人

那些感恩你的人

都统统给你跪下

从此　你就在一个村子里

永远高高在上了

父亲是一座山

你也是一座山

十三

回到家里　我摸摸你睡过的炕
已经凉了
看看你用过的锅碗瓢盆
还有背篼　铁锹　水桶　窖绳
都已经蒙上了尘土
从你的房前转到你的屋后
我看见屋子也已经驼背
在那些阳光照不到的地方
黑色的苔藓上　还落着薄薄的雪

十四

点亮灯盏　想起你的一生
你把最真的东西都给了我们
而我们给你的都是假的
比如你那一口好看的白牙
因为你在月子里嚼着还没成熟的扁豆
一点点把我喂活

然后就一点点松动

在你还不老的时候　一个个都掉了

我还给你的却是一口假牙

还比如你的双腿

一天天被日子压弯

直到疼得走不动路了

我就给了你一根木头的拐棍

尤其是当你跌了一跤　跌断了一根骨头

我就让医生把一根金属装到了你的身上

娃们以假换真

你还说你的娃孝顺

十五

如今　面对你微笑着的遗像

就想起拍这张照片时

我一再提醒你把头抬高点

让你微笑一下

你从来都听我的话　你真的笑了

把你一生中少得可怜的幸福

都铺展在沟壑纵横的脸上

妈　我知道你的微笑

是对所有苦难的藐视

十六

只是我们老牛家没有家谱

你连一个存放名字的地方都没有

因此　我只能给你写首诗了

在诗里写下你的名字

虽然你不知道什么是诗

但你一定知道我屋里的那些书

能被写在书里的人

就会在书里一直活着

只要他是个好人

读我的诗的人　他们都是我的亲人

我要在诗里告诉他们

　　庞菊花　出身富农

　　嫁给贫下中农

　　大字不识一个

　　却养了个写诗的娃

　　吃苦受累一辈子

只为她的娃活着

　　活了八十岁

　　埋在杏儿岔的一片苜蓿地里

谁在我的诗里读到你的名字

谁就是和我一起给你祈福

妈　记好了

你的名字叫庞菊花

2015年3月18日—2015年4月25日
略有改动

四月纪事

在母亲的坟院边
我看见一个放过烟花的纸筒
是今年正月留下的
纸筒里长出一朵野菊花
模仿着烟花绽放的样子

野菊花一年只开一次
母亲你可要记得看啊
就像每年这个时候
我们都会来看你

二哥忽然说　我们弟兄几个
以后就都会埋到这里
但没有人和他搭话
只有田野的风　吹到我们的身上

当我们在母亲的坟前依次跪下
头顶的一朵云就低了下来

突然的雨夹雪　让孩子们
又一次向母亲身边靠了靠

2015 年清明节

情 景

好多年了　总想起一个人

流着泪　使劲往嘴里填着食物

比如煮熟了的苦苦菜

或者别的什么吃的

那用力的样子

就像是在干着一件农活

但为什么哭呢

肯定不单单是因为饥饿

每想起这样的情景

我的心就会疼痛

直到今天

只要看见有人狠狠地吃东西

我都会低下头来

那个人是我的一个亲人

现在已经不在了

我不忍心说出称呼

2015 年 4 月 26 日

母亲节的阳光

今天　就让我想想楼前院子里的石条上
那几个晒太阳的老母亲吧
好像她们一直都缺少阳光　总是晒不够
她们哪里知道　她们也是阳光
原来是五个人　像五个老姐妹
有时还手牵着手　又像幼儿园的小朋友
白发飘飘　拄着拐棍的我母亲
经常坐在她们中间　或者和她们走在一起
那时　我喊杜妈　张姨　王姨　还有李老师
她们答应着我　却向我母亲微笑
好像她们都沾了我母亲的光
可后来　我母亲再也不来这里晒阳光了
她回到了乡下的一片山坡上
那里的阳光比城里的更加明亮　温暖
还飘着花香和粮食的气息
我不知道她们是否想念过我的母亲
但我现在有意躲着她们
怕她们说　我母亲的那些阳光　还在那里等她

每想起她们　我就会被阳光灼伤

2017 年 5 月 14 日

又一个母亲节

那年埋在土里的星星

今天全都冒了出来

去年在土里睡着的野草

今天全都醒了过来

风把一朵飞莲　替我种在这里

仿佛灯盏

当我向着一片土地磕头时

忽然明白　地比天高

感谢土地　这么多年

替我照顾年迈的母亲

———————

2019 年母亲节

母亲的老花镜

人一老　就把远处的事物
看得越加清楚
却看不清眼前的东西了
当我把一张报纸往远处举
再往远处举的时候
母亲就把她的老花镜递给了我
仿佛把她的老也递给了我
这是多年前　我看她
想把一根线穿到针眼里去
像她一生中努力过多次的一件事
最终被放弃的时候　给她买的
因为这副眼镜　她的眼睛又亮了几年
可后来她说没有用了
有一次　我把给她放大了的照片
也就是她去世后摆在灵堂上的那张
给她看时　她远远近近地看了好半天
一阵说是姥姥　又一阵说是奶奶
硬是认不出是她自己

我就知道她已经更老了

或许那时　她能看到更远的东西

但她没有说

现在这副老花镜就放在我的书桌上

有时我把它转过来

想从眼镜里看见

母亲那双慈祥和隐忍的眼睛

更多的时候我戴着它读书

或者写作

仿佛替母亲做着一件针线活

———————

2015 年 10 月 5 日

梦里的母亲

从没听母亲说过普通话
即使在城里生活的那一年
她也说的是老家的土话
可在我的梦里
她居然学会了普通话
一定是为了问路的方便
一个不识字的农村老太太
才在家里悄悄学的
而且也一定学会了自己买车票
母亲是个聪明人
要是当年姥爷让她念几年书
她一定是家乡的一个杰出人物
当然她也就不会遇见我的父亲
我告诉她　这几年我很想她
也很想我的父亲
我给他们写了一本书
她说她知道
我让母亲回去一定问父亲好

母亲笑了笑　答应了
说普通话的母亲　那么精神

2017 年 12 月 2 日

经过村庄

小时候　跟着母亲过村庄

每次都遇见狗

狗伤人的事　我们听得多了

胆小的我们　怕狗

怕狂吠猛扑的狗

怕不声不响的狗

怕一条　两条　三条

全村的狗

那时候村里狗多

每一条都很凶

可我们只是想经过村庄

狗怎么就不让呢

每一次

母亲都一只手挥着棍子

一只手护着我

经过一个村庄

又经过一个村庄

那是我们去看姥姥

身上背着水和干粮

去时这样

回来时也是这样

可多年后

当我再次经过村庄时

母亲不在身边

2022 年 4 月 6 日

想起在乡下过年

腊月三十的晚上

天亮得像一瓦盆清水

离天最近的人们

看见自己在天上的影子

那时　我坐在自家的炕头上

抽着烟　喝着茶　随意嗑着瓜子

听亲人们掰着指头

说岔里的消息

这一年岔里有几个老人不在了

但更多的老人还在

这一年岔里的天有时阴着

但更多的时候晴着

低着头在岔里劳作的人们

现在又一年忙到头了

在我们说话的时候

母亲一个人在厨房里忙着

她要把这一年最好吃的都给我们做好
一碟一碗地端上来
然后在护裙上擦擦手　又去忙了
她是什么时候吃的　我们都没在意
过年的时候　她干什么都高兴
好多年了　都是这样

快到夜里十二点的时候
男人们就准备到庙里去烧香了
我出门看见天　还是那么蓝
只是山更黑了
星光下　风从岔口上吹来
把我散乱的黑发吹得更乱了
仿佛要把这飘动的一点黑
也吹到夜色里去

我越往前走　风就越往后吹
忽然有人从后面赶来
往我手里塞了两块钱
说这是她的一点心意
让神保佑我们一家人平平安安

一年风调雨顺

我把她的钱放到神案上时

对泥塑的神说　这是我妈的一份

从此　每到过年的时候

我都会想到这一细节

只是以后过年　我也要给妈烧上一炷香

2015年5月10日母亲节

正月十四日：雪

雪怎么下

必有雪的理由

九年了

每年的今天

都在下雪

一座山

仿佛一朵白云

落在我们面前

在雪中爬山

我们举着一个花圈

几次被雪滑倒

但每次都被雪抱住

有一次

我是跪着站起来的

雪多么冷啊

尤其是风雪

走到半山腰的时候

花圈的飘带

被风吹走了

但我们还是把它

护送到了母亲的坟前

———————

2024年2月23日
农历正月十四日

第二辑

风　先是吹到了一片叶子
然后是一棵小草
接着是另一棵
这是一个风吹草动的下午

风的作品

杏儿岔(一)

左边是山　右边还是山
大地的两条光胳膊
穿在风的袖子里

杏儿岔　被两山抱着
仿佛一不小心
就会被风吹走

有时候　风只是吹动了一棵树
但仿佛整个杏儿岔都在动

有人默默地从岔里出来
然后又默默地回去
但几个人抬着一座木头的房子
后面再跟上几杆唢呐
就成为盛大的风景

至于鸡鸣狗叫　炊烟升起

这些最普通的日子

都是祖国不可分割的一部分

我从岔里出来时

后面跟着父亲

他用扇过我的大手

摸了摸我的后脑勺

仿佛要把留在那里的疼

轻轻摸去

2003 年 12 月

杏儿岔(二)

风从这里刮过　一片苍茫
雪从这里飘过　也是一片苍茫
只有雨从这里下过　才忽然明亮

这里的人只有子孙　没有家谱
祖先的遗址上　草和庄稼
都生生不息

有时候　所有的人聚在一起
像果园里集合的树木
接着就被风吹散

更多的时候
人们散布四野
偶尔听见　他们在歌唱着什么

活着　种地
种地　活着

这就是他们人生的全部意义

也有人躲在屋顶下　或者阴凉里
他们是些有伤的人
疼痛　是一个村子的阴影

我仰望过这里的星空
也认出了其中的一颗
但我不说出它的名字

我向每一颗星星打听人间的秘密
和解除疾苦的秘方
我听见神在风中奔走

我曾面对亲人的病痛
双膝跪地
但大地　只把它的冰冷传给了我

我离开这里的时候
父亲和我彻夜长谈
他不知道我到底能走多远

后来我每次回到这里

都是父亲和母亲的节日

他们的幸福　让我愧疚

———————————

2014 年 10 月 26 日

杏儿岔(三)

在这里　一抬头
就会看见广阔的蓝绸子上
一只老鹰　正翻着一本黑皮书
仿佛有人在天上念着祖先的名字

在这里　那些弯着腰的小草
它们小小的背上
正拉着爬坡的村子
一松劲　村子就会又掉到沟里

在这里　地边上那只低着头的羊
正在寻找到底是哪棵草根
也咩地叫了一声
难道有更多的羊藏在草根下面

在这里　有时我谁都没有看见
却听见好多说话的声音
他们是好久都没见了的乡亲

其中就有我的亲人

在这里　只要一动唢呐
即便吹的是欢快的曲子
也能听出其中的悲伤
声音的血丝丝　布满黄昏
和早晨的山梁

在这里　跟随那些曾经的脚印
我就会走到从前的一朵苦苦菜前
然后跪下

在这里　我最想见的那个老人
他已经睡下
我只需轻轻地看看就行了
他会在梦里知道我已经来过

―――――――

2014年9月25日

冬至的傍晚

四野无人　一天的尘埃落定
冬至的傍晚　世界安宁

天空并不辽远　也不低沉
只是柔柔地亮　有着乳汁的光芒

路边一棵落尽了叶子的望天树
剪影多么美
我知道　它和天空心心相印

每当我从尘世中抬起头来
心里就会有很多感慨——

此刻的天空下　山的阴影中
似乎有小小的喧嚣
那里便是天下苍生

2013 年 12 月 31 日

山 顶 上

适合建烽火台
也适合安营扎寨
或者筑一座民间的土堡
或者修一座庙

我们把那里的废墟
叫做遗址
挖出里面的陶罐　灯盏
碗和铁锈
以及树根和变黑的土

竖一块碑
是后来的想法
每一夜　都听见风云的撞击
和星群炸裂的声音

据说有人用石头在那里下棋
下到激烈处

石头就滚下山

告诉人们一座山的高度

当我把一本诗集放在那里

先是像一块砖头

后来就像一只振翅欲飞的鸟了

它的愿望

是带着这些文字飞翔

2023 年 12 月 7 日

在杏儿岔的一天

一

亲人们四野散开

面对每一片庄稼　双膝跪地

有时我看不见他们

但他们就在庄稼的深处

偶尔露出头来

像是庄稼举着瓦罐

仰头喝水

二

我把那里的一片豌豆拔倒

这是大片大片的庄稼中

最小的一片

就像地图上最小的一个省

被我拔过的豌豆

已混入众多的豌豆中

仿佛我的亲人和朋友们

散落在茫茫人世

有些即使我已认不出来

但我一直在心里记着

三

当我在一捆豌豆下挣扎

就要绝望时

父亲从背后帮了我一把

我一旦背起

就一定能背回家

我没有回头　不知道父亲

怎样把另一捆豌豆

背起

只是我在场里等了好久

他才回来

他的腰　在一捆豌豆下

又弯了许多

四

毛驴在我拔过的地里
找到了几粒豌豆
从它夸张的喷嚏声中
我听得出它的心满意足

父亲也拣到了几粒豌豆
在手掌里搓搓
捧到毛驴嘴边
毛驴看了父亲一眼
就赶紧卷到嘴里
它怕再过一阵
父亲会改变主意

那一刻　父亲蹲着
毛驴站着
地埂上的一棵白杨树
被风吹着
一会儿偏向毛驴

一会儿偏向父亲

五

这一天　离全岔的麦子黄透

还有三天

离张老五嫁闺女　李狗娃娶媳妇

还有一月

离王发财的老人过世

和黑旦在外边打工出事

还有半月

离我的堂弟考上大学

还有一年

离我收拾了庄稼回到城里

还有七天

这一天　离杏儿岔的历史

只隔一天

这一天　离杏儿岔的明天

只隔一夜

这一天　我在杏儿岔写了一首小诗

这一天　再重复几次

我会写出一本诗

但这一天　如果重复一辈子

我就会一句话也写不出来

2006年5月

两个人

两个人　在山上走着
一个是男人　一个是女人

他们经常这样教育孩子
可千万别后悔

一个是另一个的拐杖
或者一条路

一个是另一个的传记
或者碑

谁走在前面　谁就是一盏灯
谁落在后面　谁就是脚印

当麦子高过他们的头顶
人们说　这就是他们的爱情

2022 年 7 月

他们老了

他们把儿女们都活老了

也把一个村子活老了

把比他们更老的老人活得没有影子了

老风吹着　老阳光晒着

过去的日子也像老牙齿一样

一个个都丢得差不多了

甩打着老胳膊老腿儿

走在高高的辈分上

就像走在高高的悬崖边上

一村子的人都在为他们担心

至于远离他们的儿女

总感觉他们是装在破衣袋里的两粒豆子

怕一不小心就会掉出去

那天　一个人从村子对面的山坡上下来

看见他们远远地站在家门口

仔细辨认着那人是谁

直到那人走到跟前

叫了一声大　叫了一声妈

2011年4月

遥 望

一场风雪　飞扬成一头白发之后
人们都说他老了
老得和那里的一个老人一模一样了
向着另一场风雪遥望
心头的指南针
就指向一个叫杏儿岔的地方
那里是他的正北　也是他的正南
他感到别的地方都是偏的
他说故乡啊　其实这个世界
只比杏儿岔大那么一点点

2013 年 11 月 16 日

想起故乡

那是父亲土里刨食的地方
母亲拉扯孩子的地方
兄弟们树大分枝的地方

我深深地叹了口气
就把一腔的沉重留在了那里

我曾在诗中这样写道
回到那里就是回到人间
回到人间的疾苦和温暖
但我离那里很远

此刻　我在雪地上走着
一想起那里
就对自己狠狠地跺了跺脚
风　就凛列起来

2012年12月28日一稿
2025年1月4日二稿

轻

风刮低了山梁　黎明带走了黑夜
当我再一次回来
杏儿岔已变得很轻
或许风再猛烈些
就能把它吹翻
或许父亲就坐在它的背面
或许所有的重
都在背后
现在我只看见场边上的一个碌碡
它应该是岔里的镇岔之宝
也轻得像是纸糊的
对着几间土坯屋
喊一个人　没有人出来
喊另一个人　还是没有人出来
到屋里去找找吧
不由自主　就放轻了脚步
我怕一不小心把它踩重了

2014 年 9 月 10 日

苍 茫 诗

如果祖先不来这里
哪里是我的故乡

如果他们不是我的父母
我就不会感到悲伤

如果不是打断骨头还连着筋
我们就不是兄弟

如果我不离开这里
就不会记住那场雪

如果没有黑夜
祖先就不会创造灯

如果没有那些经历
我就不知道我是谁

2024 年 12 月 6 日

故乡谣

除了草和荒凉

还有风和雨雪

寂寞的天空

除了庄稼和牛羊

还有灯火和村庄

漫长的黑夜和白昼

除了祖先和后人

还有门前的树和村口的路

小河里一次次远航的浪花

除了无言的日子

还有节日

除了你　还有我

2021 年 10 月一稿
2024 年 12 月 11 日二稿

一片麦地

收麦子的人们离开后
以为那里就没有麦子了

收麦子的人们离开后
以为那里就没有人了

但一个孩子出现在那里
麦穗就奔向他

那时　阳光里满是麦芒
风告诉他　别出声

一个白发飘飘的村子
一直在远处看着他

多年后　一个孩子
还在那里拾麦穗

―――――――――――

2025年2月25日

描 述

大风起时　狼群出动

雪拥山前　万门闭户

星星最稠的时候

狐狸的尾巴长过扫帚

树提着鸟巢的灯笼

在梦中赶路

传说有人掉到了月亮的井里

树枝一直在那里晃着

2022 年 11 月

冬天的风景

当鸟鸣亮如针尖

秋风就把阳光吹冷

而大雪温暖

河里的冰碴　有一点儿甜

有人在石头上找到了疼

有些突如其来

有些却由来已久

秋天的毛衣　冬天是铠甲

草说　闭一下眼睛

一切都会过去

当我穿过冬天的树林

风就从对面的村里

吹出一个人影

──────────

2022 年 12 月 16 日

冬天是一匹马

冬天是一匹马

被一棵老树拴住的马

前蹄腾空　仰天长嘶的马

刨着冻土　意欲刨出一眼清泉的马

一匹鬃毛飞扬

搅起一圈又一圈风雪的马

一匹把所有的往事

都看成是一地干草的马

一声响鼻　就打通一条隧道的马

解开缰绳　就奔向一条大河的马

头上飞溅着浪花

2021年11月8日

风中的树

树忽然弯腰致敬
向着逆风而行的人们
人们也弓着腰
他们看见树

树知道　土地给人力气
人就在土地上劳作
作为土地派来的监工
树记着人们的赞美和抱怨
以及祈求

其中的一棵树上
晃动着一个喜鹊窝
那只正在风中赶路的喜鹊
能否告诉我大风过后的喜讯

只是有些树　被风吹弯了腰
再也没有直起来

―――――
2011 年 7 月

老　屋

没有塌　是因为它相信
一定有人还会回来

只是炕上的铺盖被卷了起来
里面卷着风吗

坐人的地方　现在坐着玉米棒
金黄的微笑　那么熟悉

忽然听见大门响了一下
但没有人进来

再听
风就从屋顶上刮了过去

―――――――――

2013 年 4 月 6 日

想 起

草木葳蕤

它们是否还记得那年的倒春寒

黑夜的烟囱里响着风声

那里有一段时间的秘密通道

一棵老柳树

在风中练习着飞刀　仿佛壮士

风雪高过山岗

却低于一个村子

―――――――――

2019年9月28日

山中有记

一

山中望月
天上的耳朵　听见我说什么了吗
有些话　我只是在心里想想

二

秋天的果园　秋风的岛上
阳光汹涌
树们都做了运送果子的木船
一个人为爱来到世上
他的孤独
被秋光爱上

三

又起风了　鸟斜着翅膀
土变成了云

有些花在风中怒放
有些花在风中凋谢

山中日月　该明亮时明亮
不明亮时　就一定有什么事情

那天　有人举着时间
把一场大风收进了帽子

2024年6月

故　地

记忆只在旧屋子里
新建的已是别人的故地
新命名的路上
我不向陌生人打听自己

山花烂漫时　蜜蜂
还在修建自己的庙宇
秋风遍地时　落叶
还在为大雁占卜

不管生长什么
土地都心存善意
想起我在这里跌过跤
但我从不抱怨土地

我与一棵树交换过梦境
所有的故事里
我都不是主角
风雪起时　故乡模糊

2021 年 5 月

难写的诗

故乡的诗　难写
写深了　怕碰着疼痛
写浅了　又怕被风吹走

试着写写庄稼吧
这些多灾多难的植物
责任比天还大
把它们写成诗　肯定颗粒无收

或者写写这里的水窖
这是需要蘸着水才能写的诗
可几滴水就可以养活一棵小草
草比诗歌重要

要么写写毛驴
可毛驴都已经累成那样了
如果再让它驮上一首沉重的诗
它还走得动吗

那就写写这里的人吧

谁都和你沾亲带故　好说
可你只是个诗人　谁的事你都帮不上忙
你说的话　谁信呢

山和山纠结　路和路纠结
山沟沟里住着几户人家
也纠结

把每个人都想上一遍
爱过的　恨过的
都草一样平凡
再想一遍　还是这样

我不知道　我要是爱故乡
为什么要远远地离开
但要是不爱　为什么还要在诗里
一再写它
那些被风吹动的人和事
一直在我的诗里忽隐忽现

———————
2014年11月5日

怀 念

一

还是黄土铺路

风乍起　土浩荡

忽然想起那些曾经熟悉的面孔

你好　你们好啊

我愿乡村的灵魂安好

只有想起你们

我才能想起自己

二

草还是那么长着

树还是那个活法

只是有些草

堵在了一个老院子的门口

我挤在草中间站了站

就转身走了

三

我相信头顶的神明和地下的亲人
他们都一定知道
此刻　我为什么心里有些难过

2014年2月3日

看见一个人

在与风摔跤的庄稼中　我看见一个人

在天空晃荡着太阳的旷野上　我看见一个人

在荒草扑向天边的山路上　我看见一个人

在灯光瞅着碗底的屋子里　我看见一个人

我看见一个人　用一根针挑亮每一颗星星

我看见一个人　从一个瓦罐里倒出河流和种子

我看见一个人　把漫天的风雪背到一口锅里

我看见一个人　用锄头临摹闪电写下的文字

我看见一个人　站在山头上指点风雨

我看见一个人　蹲在我的诗里

帮我拔掉杂草

2022 年 5 月 11 日

想 念 雪

以前下过雪的地方
现在的雪还下在那里

正在雪中赶路的人们
我祝福他们
愿他们心怀温暖
路上平安

雪中的事　就在雪中说吧
我是经历过风雪的人
有时想想　那样走着
也是一种幸福

2025 年 3 月 6 日

肩上的村庄

不是一间房子　而是一座村庄

山高水长　沟壑纵横

春光明亮　秋天草黄

夜长梦多　风吹来月光

不论什么风吹我

都是吹着我的村庄

日头下赶路　草里长出庄稼

当大雪覆盖山头

我听见有人在那里朗诵着诗歌

那是世界上最高的村庄

我用双肩扛着　在地球上奔走

2020年4月6日一稿
2025年1月5日二稿

有风吹过

一

风吹过榿柳　锄头　锹头　铁锨
也吹过背篼　筐子　篮子
吹出一根鞭子里的闪电
也吹出黑暗里的一盏灯

二

二月　空气里还有丝丝缕缕的冷
但天边已有了响动
人们在风中捧出种子
土地一粒粒数过

三

允许灯笼在风中呼啸

也允许人们给灯笼许愿

允许灯笼下依次走过的十二生肖

作人间的吉祥物

它们也是十二盏灯笼

四

被雪过滤的空气里

忽然响了几声爆竹

几个人在路口上跪下

给一团火磕头

当他们站起身时

火却给他们磕头

暮色中　他们的身影

模糊

2025年3月8日改旧作

风的作品

一

风　先是吹到了一片叶子
然后是一棵小草
接着是另一棵
这是一个风吹草动的下午

二

风带着响器
你听管乐　你听弦乐
你听打击乐

三

风吹一棵树时
我也被吹出了树的声音

可我不是树

四

一个人站在风中
弯着腰　圈着胳膊
想在怀里划一根火柴
但不管他背对着哪个方向
风都会把他的火柴吹灭

五

风怎么吹　都是对的
风吹什么
什么就借助风势
也是对的

六

那天　地埂上的小花朵们
沉浸在小小的幸福中

我想给其中的一朵拍照

它却连连摇头

七

那个不知是第几代牧羊人

给羊讲做人的道理

讲着讲着　风就大了

但羊一直没有停止吃草

八

忽然　天空写满

沙尘暴的加减乘除混合运算题

地上　无数把算盘

在黄昏响起

九

天气预报说　今天有风

可哪一天没有风呢

那些趴在风中的蒿草

怀里抱着草籽

十

一股巨大的龙卷风

是天地间的柱子

它竖起的地方

一定是那里的一片天

太低了

十一

不管是背着风　顶着风

还是侧着风

每一场风

都把你吹向自己的坐标

十二

有一次　我听见一棵树

发出风的咆哮

但我没有看见风

风是怎么进入一棵树的呢

十三

几棵老柳树

在雪地上写着书法

一个人站在那里

是一个镇纸

十四

冬夜的风　好冷啊

但它依然从天空的森林里

吹出小小的花朵

十五

去年的几片树叶

穿过冬天

飞在春天的地埂上

它们也是候鸟

十六

想起那些年　我在山中行走

只要在腰里扎上一根草绳

风就不会吹散我的骨头

2025年1月2日

四月初七：风

一

一条路的尽头
是落日下的村庄
风　是否来自落日

二

河边上的一座老建筑
风把墙头上的旗子吹没了
只剩下旗杆
但风还在吹

三

场院里的玉米秆
它们抱团取暖

风雪中

梦见那个种玉米的人

四

山坡上站着的一个牧羊人

是一块碑吗

小草起伏

羊读出碑上的字

五

远远地

岔口上走来一个人

那是岔里的谁呢

身后跟着风

六

山阴面的地埂下

还留着雪

风从那里吹出

春天的冷

七

几只鹰　在天上盘旋

翅膀　已高过风

它们以为沟垴上的两个老坟堆

就是蹴在那里的

两个放鹰的人

八

那么空的天空下　空空的豁岘上

忽然开过去一辆拖拉机

嘭嘭嘭的声音　像巨大的翅膀

拍打着天空

车厢里坐着几个人　在高声说着什么

但风改变了声音的方向

之后的豁岘上　似乎比以前更空了

九

围着村子的那些白杨树
是杏儿岔的肋骨吗
可它们从来没有挡住过任何一场风
从外面吹到岔里

十

从那里经过
所有的草都欠起身子
像是在问我
这是要去哪里
它们不知道
今天是个什么日子

十一

想起那个从雷声中走来
后来又跟着雷声走了的人

他对我多么重要

风忽然沉默了片刻

杏儿岔　寂静无声

十二

穿过村子是捷径

但走向村口　已是远方

一场风

到底能吹多远

十三

去山坡上坐了坐

然后在风中磕了几个头

我就返回了城里

已经好些年了

我每次来到这里

都是这样

2021 年 5 月 18 日一稿
2025 年 1 月 5 日二稿

杏儿岔8号

先说上房吧　坐北向南

这是最好的风水

西北风在屋子的背面猛扑

累了就歇一会　再扑

风雨是这样　风雪也是这样

门前的雪化了　屋后的还在

春天一到　人们就把暗处的雪忘了

风不相信一间土坯屋就能挡住它的去路

绕到屋子前面的院子里

一下下推着木板门和纸糊的窗子

窗子装上玻璃了　还使劲地推

风想到屋子里干什么呢

土和草屑　只要能被风吹起的

都被吹得找不到方向了

但屋子　像一个人抱着头蹲在那里

任风怎样拳打脚踢　一动不动

或许动了一下　只有屋子才能感到

这时　谁顶风出去　风就会被激怒

但人必须去给圈里的毛驴添草

毛驴已叫唤了好久

还必须抱些柴火　挑一担水

这样的天气　风容易把肚子吹空

再拣些被风刮断的树枝

让就要熄灭的炉火　重新旺起来

这是在冬天

而在其他季节

风就被人们一次次摔倒在田野上

落荒而逃

此刻　炉子上架一个麻雀大的陶罐

里面熬一把大叶茶　慢慢喝着

风声中　想想眼前或远处的事

屋子就由此变黑　从里往外黑着

一个人也就黑透了

糊墙的旧报纸　墙上的年画　几张奖状

和镜框里的照片　也就色泽暗淡

开始变脆

后来　我把照片和奖状夹到一本书里带走了

带走的　还有父亲写给我的信

那些他去世后我才看到的纸片

用满篇错别字和不通顺的句子

告诉我关于土地　关于老屋的事

而大风　带走了饭碗摔到地上的声音

婴儿的啼哭　梦中的呻吟　长久的沉默

还有灯光下人和黑暗的对话

第二间屋子坐西向东　叫做西房

屋里一半是土炕　一半是粮仓

炕冷了热了　粮少了多了

炕上出生的孩子　听见人间说着土话

看见窗台上亮着灯盏

站在门口就能看见那坡山

上午的山黑着　中午的山亮着

傍晚的山红着

有人过了豁岘　去了山背后

有人从豁岘上过来　进了岔里

有人在那里放羊　耕地　铲草皮

有人站在那里吵架　妙语连珠

也有人在山坡上打架　连滚带爬

围观的人像是看一场比赛

那年　我的父亲从那坡山上下来

后面跟着我的母亲

当他们走进山下的家时

屋里已经黑了

一盏油灯下　他们开始渐渐变老

有一次　母亲被月光惊醒

看见一直背对着我们的那坡山

落了一场大雪

她想　山背后是不是也下雪了呢

山背后有曾经的大队部　现在的村委会

曾经的代销铺　现在的小商店

曾经的赤脚医生住在山背后

曾经的大队学校　也在山背后

我在山背后的学校里念过书

那是我小时候去过的最远的地方

此后　我每走远一步

父亲都要坐在上房的炕上　和我长谈一次

而母亲总要流一次眼泪

当我迈着被人踢折过的伤腿　背起这里的记忆

走出杏儿岔的视线

躲在大风背后的人们　不知道我要去干什么

多年后　只要梦见我从豁岘上过来

风就会把我从梦中吹醒

坐东向西的是厨房

一片炕　一口灶

人和灶王爷住在同一个屋里

有时风在屋顶上刮着　就把烟吹回屋里

灶口喷出的火　燎了人的眉毛

有时锅里冒出的热气　弥漫了屋子

风箱的声音　像一个人走在雾中

从灶台前转过身来　就看见西边的山崖上

有人背着手走了过去　影子总那么黑

山崖的后面　是高高的喇嘛墩

喇嘛墩上起黑云　岔里人的脸就黑了

黑云里裹着白雨　白雨里带着冰雹

有一年　杏儿岔连着下白雨

有人半夜听见蛇来拍门　越墙而逃

留下一座空院子

有一年　有人在喇嘛墩上遭了雷殛

岔里人就担心有一双眼睛

总在暗中盯着自己

用土炮轰云　是人对天的报复

岔里人看见头顶的闪电　在哈哈大笑

后来人们在喇嘛墩上烧生灰

把黄土烧成了红土

那里升起的黑云就被天空收留

生灰被背到地里的时候

仿佛有人在四处放火

我已忘记了那些年的收成

只记得在厨房的炕上　我辗转反侧

一大早　听见父亲在上房里捅火炉的声音

和母亲扫院子的声音

不知道除了雪　夜里还有什么落在了院里

在厨房和西房的两边　各有两间草苫子

第一间堆着铡好的驴草

后来堆着过冬的煤　现在还剩下几块

在风化中等待着燃烧

自从父亲去世后　没有人会想到

这些石头里还藏着温暖

直到有一次我们去给母亲烧纸

风雨把我们逼进了屋子　饥寒交迫中

我们烧掉了其中的两块

第二间被风吹走了屋顶　里面关着几只鸡

只要撒一把秕子

母鸡就下蛋　公鸡就打鸣

曾有一只鹰　俯冲下来

在鸡圈里碰伤了翅膀

一家人就把鹰当鸡来养

鹰飞走的那天　人和鸡都仰着头

朝着天空看了好半天

另一间　放着犁铧　锄头　铁锨　背篼

收藏了一家人的农耕记忆

还有一间　家里人多的时候住过人

只是窗户下开着炕洞

让人夜夜做着浓烟弥漫的梦

我曾把一些带回家的旧书存在那里

但有一次回去　实在太冷了

我们用书点火　熬过了一个漫长的冬夜

所有的屋子围成黄土的院子

院子里唱社火　蜡烛烧着了纸糊的灯笼

有人在院里跌过跤　跌成了骨折

院子里曾跪满了人　在唢呐声中磕头

院子里也晒过麦子　包谷和过冬的白菜

有时阳光像雪　有时雪像阳光

有时风像脚步　有时脚步像风

落过麻雀的院墙上　落过喜鹊

也落过猫头鹰

有人在夜里听见　谁趴在墙头上

喊一个人的名字

从屋里出来　走过院子　走到大门口

有人就走了整整一生

过年是最喜庆的时候

母亲这样告诉我们

过年穿新的　一年不缺穿

过年吃好的　一年不缺吃

过年不生气　一年就高兴

过年不说疼　一年不生病

那时　不识字的母亲

要我们在红纸上写下一年的祝福

在炕垴上贴身体安康　在上房门贴四季平安

在粮仓上贴五谷丰登　在灶台上贴饭菜飘香

在大门口贴风调雨顺　在驴圈门贴六畜兴旺

在门外的老树上贴出门见喜

再挂上一盏红灯笼　贴上国泰民安

请温暖的灯光　照亮门口的路

这时出门在外的人都得回来

一起给祖先磕头　感谢他们的护佑

给健在的老人磕头　祝他们健康长寿

在孩子们的肩上拍一拍　愿他们天天向上

给全家人作个揖　祝每个人一年吉祥

这样的年　我们过了好多年

好多年后想起来　眼里却充满了泪光

门口的一棵柳树和一棵杏树

大风中抱在一起

风过了　还在一起抱着

杏花飘过了　柳絮再飘

但秋天到了　就一起落叶

旁边的一堵墙　被那年的雪水泡塌

像一位缓缓倒下的老人

还有一棵老柳树　空心了　干枯了

但一直在那里站着

老树满身的裂纹　像神秘的文字

我无法把它们破译出来

远处是岔口上的庙　和庙前面的河
先人们在庙里烧过香　就去河里担水
那时　三面环山的杏儿岔
像一个巨大的簸箕
把一些人从岔里簸了出去
有人跟着河流奔走　走得最远的那个人
见了大海
说家乡的小河有着和大海一样的味道
也有人从岔里出来　翻过华家岭
或者过了西巩驿　到了景家店
到了甘草店　到了兰州城
或者更远的地方
而那些没有出过远门的人　只能看到南山
只知道山脚下是县城　三六九日逢集
早上出去赶集的人　披着星光才回来
后来有载重汽车的声音　溯河而上
半夜醒来的人　就竖着耳朵听上一阵
也听见毛驴还醒着　打了一下喷嚏
把那么黑的夜色打了一个窟窿

侧过身　有人继续睡去

有人则在大风中　一直醒到天明

杏儿岔8号　是一个小小的门牌

钉在大门的门楣上

但不用看门牌　岔里人都知道

这是三爷家　三爸家　三哥家　老牛家

只是作为一个堡垒　如今已被放弃

只有风　依然把大门推得咣当咣当地响

当我决定写下这首诗　是因为我要告诉人们

这是我在梦里　和亲人们相聚的地方

也是这么多年　一直存放我诗歌的地方

2020年2月29日一稿
2024年12月16日二稿

第四辑

风继续吹着
有时是风雨　有时是风雪
大地的呼吸　山峦起伏

一个人忽然想鞠躬

坐在秋天的地埂上

在乡村

总有这样一些时间

让你在地埂上坐着

沉思默想

比如秋天的这个午后

祖上的模样越加模糊

又有一些小草开始枯黄

曾经的一些人和事

忽然又被想起

比如那年的一枝红杏

到底该不该红过院墙

比如母亲说过的一句话

一个人怎样在针眼里修了一条命

后来就想起了风

想风怎么一吹

就把一个人吹到了这个世上

然后又怎么一吹

把一个人吹到了土里

想风怎么吹着吹着

就把一个人的心都吹空了

像此刻的天空　除了秋高气爽

只剩下一些无端的忧伤

再想

一棵冰草就忽然摇晃了一下身子

像神的影子　一闪而过

2013年1月12日

牵　挂

对这个世界来说

少一棵小草并不重要

也正如一棵树上的叶子

其中的一片落与不落

对这个秋天并不重要

重要的是　一个人

终于不被牵挂的时候

替他在这个世界上活着的那个人

从此就有了悲伤

想起他怎样忍痛

忍住疼痛一样的寂寞

怎样日复一日地吃药

以及有时被轻轻地关心

这些生活的细节

就在另一个人的重复中

不断被想起

2012 年 12 月 30 日

呀

那时　山坡上有一双看不见的手
把一只鞋子　呀的一声抛向天空
把另一只　也呀的一声抛上去
好多只鞋子被抛起　落下
落下　又抛起
一个上午　或者是一个下午
云朵仓皇　阳光忽明忽暗
看不出山坡有什么异样
只有一群黑鸟　举着被风吹斜的翅膀
起起落落
那时　我在山下的院子里
守在亲人的身边
一直在想　那一声声呀是什么意思

2020 年 5 月 5 日

捞一只水桶

一只装满水的木桶

就要被提到窖口时

忽然脱钩

像一个满怀希望的人

忽然又跌入深渊

我必须把它捞上来

从下午一直到傍晚

一只铁钩在水中摸索着

像希望和失望在黑暗中捉迷藏

有几次　几乎钩住了

水桶却又游走了

当然不是像鱼那样游

而是像我们常常说的机遇

就在我决定最后一试

然后放弃努力的时候

铁钩却稳稳地钩住了它

其实　类似这样的情形

在我们的经历中发生过不止一次

当水桶终于又被提上来时

多像一个浑身被水湿透了的亲人

被我救了回来

回来就好　天黑之前

我对一只水桶这样说

———————

2013年1月27日

黎明的灯

天光弥漫　灯多么疲惫

是一夜无眠　还是打过几次盹呢

你照看的人　夜里可安详

再过一会儿

影子就会从人的身体里走出来

端出太阳的火盆

并把星星的碎片打扫到门后的畚箕里

草木起身

河流已开始赶一天的路程

灯啊　你就去睡一会儿吧

需要时　人们就会把你叫醒

2022年4月8日

灯　火

潜伏在夜色中的事物

都亮出了轮廓

一片灯火中　忙出忙进的人们

满脸庄重

他们知道　为了赶赴一个仪式

一个人已经辛苦了一生

但灯火之后　夜会更黑

一颗星

只照着一个人回家的路

我曾走进那里的灯火喧哗

又从孤寂的星光下出来

我记得　我在那里大哭过两次

―――――――――

2017 年 12 月 23 日

火　堆

参加完一个老人的葬礼回来
看到村口燃着一堆火
几个没有去墓地的人
把他留下的一些东西烧了
那些他曾珍爱过的物件
现在已经没有用了
血红血红的火
让一个村子忍住了悲痛
站在火堆边的一个老人说
这些东西早该扔了
或者根本就不必拿来
火就猛地跳了一下
好像在跟这个老人争辩
人们绕过火堆
并没有向火里扔进多余的什么
一堆火　就在寂静中
慢慢熄灭

2018 年 4 月 10 日

夕 阳 中

想起在一个人的影子里　你只是一年年长大
没有了他的影子　你就一天天变老

此刻　你的眼里闪着什么
夕阳就记住什么

此刻　一个人的影子像大地上的峡谷

──────────

2020 年 8 月 11 日

习 俗

十月初一　给逝去的祖先们送寒衣

父母郑重其事

有着率先垂范的样子

但跟在他们身后的孩子们

还不懂得生死

我们的身体里有着足够的活力

那时　父母并不急躁

相信我们以后就会懂的

今天　我就模仿着他们的做法

也在路口烧了一堆纸钱

因为自从父母走后

我真不知道还有什么办法

才能给他们送去温暖

有人说　烧了的纸钱

就会送到那些亲人的手中

我选择了相信

2017 年 11 月 18 日

写 作

不能让亲人来完成一首诗
这是我最近的想法
比如那些年我一直写着父亲
写着写着　父亲就老了　病了
接着写　父亲就走了
母亲也是这样
那些曾走在我诗里的岔里人
也都一个个先后走进了土里
如果土地是一张稿纸
他们都已成为再不能修改的诗句
难道悲悯
也会让亲人们感到疼痛
难道卑微　也会被土地珍藏
那天我给母亲去上坟
整整一天都没有看见一个人
岔里干净的土地上
草和庄稼一样寂寞
我担心如果再写它们

秋天就会提前赶到

杏儿岔也就会很快老去

我热爱诗歌　但更爱我的亲人

从此　我要在每首诗里

都写下祝福

愿每一棵小草都好好地活着

2015 年 9 月 16 日

姐　姐

摸着你的头　说好兄弟

抱着你的肩　说咱不怕

有姐姐的人　多幸福

有时候　想起那些我热爱的女人

真想叫她们一声姐姐

姐姐　你要原谅我

在这个拥挤的世界上

你让我替你活出个人样来

姐姐　你要原谅我

现在　父亲走了　母亲也走了

我只想抱着你大哭一场

姐姐　你要原谅我

2018年3月25日

四 月

刚忙完了一件大事
一个人坐在地埂上喝水
先举起水瓶
往土里倒了一下
那时　周围飞着绿色的翅膀
风弹着四月的曲子
所有的农具都闪闪发光
接下来他就要去忙别的事了
草尖上闪着泪光

2016年农历四月初一

秋　歌

那些不曾走开的山　是秋天的岸
秋天的赞美　包括人类

有些人生　只有在秋天才叫怒放
有些人和事　直到秋天才被想起

感恩的季节　我只有庄稼和诗歌
每到秋天　我就格外想你

2022 年 8 月 1 日

风来自寂静

把自己混同于一捧蒿草

去山坡上坐坐

不打扰忧伤　也不干扰欢喜

更不打破那么长久的寂静

至于小花小草们是否可以互换位置

这是它们的事情

当然　风也不是因我而起

但我感到了风的浓度

带着人间所有的情感和大地上所有色彩的风

我接受了其中的一部分

风在经过的路上　把我的过往吹了一遍

也吹了吹老院子的屋子

和父亲母亲的坟头

当无边的小草时光一样涌来

它们代表着我的亲人

2021 年 5 月 20 日

冬日的荒草

又一次跪倒在冬天的杏儿岔

荒草就一下子扑到我的怀里

它们浑身战栗着

一句话也说不出来

只是一下下撞着我的胸部

而另一些　同样是荒草

从后面拍着我的肩头

想用它们干枯的手

把我从地上拉起来

那时　我眼里的阳光　像一场雾

铺满积雪的大地

我知道什么都不用说

后来　它们打了打我膝盖上的土

就站在了父母的身边

它们才是世上的好儿女

2018 年 12 月 14 日

这几年

这几年　我对有些字格外敏感

比如不管在哪里

只要看到父母名字中的一个字

就想起他们的名字

就会在心里向他们鞠上一躬

这几年　我改变了回乡下的日子

不再是过年　不再是中秋节

也不再是父亲母亲的生日

而是清明节　寒衣节

和父亲母亲去世的日子

老家　老得只剩下了纪念

这几年　我努力不活成父母的样子

可有时　我分明就是他们中的一个

―――――――――――

2017 年 9 月 28 日一稿

2018 年 9 月 2 日二稿

兄弟们

岁月已深　深处的兄弟们
闪着各自的光亮
但我们的老家　已年久失修
记忆里　所有的细节
都与长大有关
至于长成现在这个样子
我们始料未及
我们已没有共同的春天
也没有共同的秋天
只有共同的父母
但他们已经不在
偶尔想起　我们都已久为人父

2022年10月4日

春节相见

仿佛好久不见

一见　我们都老了

他们是我的弟弟和两个妹妹

说起小时候的经历

摸一摸伤疤

各有各的疼

我们还说到了同一个人

现在也老了　老掉牙了

像一个村子的后遗症

再一次说到父母

说他们所受的艰辛

和对我们的抚育

终于发现

恩情也是一种疼痛

感谢岁月

每年都给我们一个春节

———————

2022 年 2 月 17 日

火 柴

我不是那个卖火柴的小女孩

但我也有一盒火柴

划亮一根　照亮一个人

再划亮一根　照亮另一个人

能被一根火柴召唤到身边的人

他们多么寒冷

亲人们　请带着一根火柴

去点亮你们的灯吧

或者燃一堆火

有些旧事　有些旧物

只需划一根火柴就能找见

但是请你们原谅

最后的几根　我得留着

我要把自己多照亮几次

2019年1月3日

树的信息

每一棵树都是一根天线

我与一棵树有着相同的频率

偶尔打个喷嚏　偶尔耳朵发烧

偶尔做梦　偶尔心悸

树告诉我　这都是有原因的

我争取每天给一棵树发去一条幸福的信息

有时我会看见树叶排成的雁阵　雀群

有时看见树叶铺成的小路

一棵树带来大地的快乐　我相信是真的

2022 年 1 月 12 日

听 雨

好久都没有完整地听过一场雨了
真的　好久
自从离开乡下
我对好多事都失去了耐心
任何一种植物
我都自愧弗如
今天听见雨打着铁皮屋顶
居然一直听了下去
还听见一辆老旧的卡车
是的　就是一辆老旧的卡车
颠簸在过去的山路上
满载着雨水和云朵
就像载着一条河
多好啊　草木繁茂
庄稼长势正好
沿途的亲人们
用雨水洗尽了脸上的灰土
露出健康的表情

感谢这间铁皮屋

让我没有白白浪费夏日的一场好雨

2023 年 1 月

过去的一个想法

我曾多次这样想过　等我老了
就带着妻子回到乡下
把破旧的屋子翻修一遍
在门前的园子里种上花草
秋天替老母亲把炕煨热
冬天帮老父亲把炉子捅旺
晚上早睡　听万籁俱寂中月光敲门
黎明即起　一边喝茶
一边等阳光来问候我们
少种点蔬菜和粮食
仅为了回忆和热爱
养几只鸡　养一条狗
只为了家像个家的样子
去山上坐看云起
去河边看老牛饮水
陪老父老母去地埂上走走
在门口晒晒太阳
一起回忆往事

或者什么都不干

只让我静静地看着他们

就像默默地读一本书

寒来暑往　只要没灾没病

天气好坏都行

想想关心的人　愿他们把日子过好

还要和村里人友好相处

不记过去的恩怨

谁来看我们　我就送谁一本诗集

也说说吃饭和睡觉的事情

想念城里　就打打电话

说我在这里安好

然而　我还没老　父母就走了

他们一走　我就老了

老了却还待在城里

只是一次次想起过去的一个想法

2022 年 7 月 25 日

这么多年

这么多年
你把城市当成深山老林
青苔曾爬上下巴
如今落满冰霜

亲人给你粮食
也给你蔬菜
但你仰望着星空
泪光晶莹

刮风的夜里　就摸着黑
在自己的骨头上刻下诗篇
你听见雪花
纷纷回到天上

这是一个叫兰州的地方
北山高　南山也高
只有穿城而过的黄河
一直在低处流着

2013 年 2 月 28 日

如数家珍

每搬一次家
我都会丢掉一些东西
第一次　丢了一些旧衣服
第二次　丢了一些旧家具
第三次　把父亲唯一留给我的
一个炕桌也丢了
今年秋天是第九次搬家了
除了从老家带出来的这个旧身体
再没有一件是旧东西了
但身体里的好多东西也被弄丢了
最初丢掉的是一身的乡土
接着是嫉恶如仇的脾气
再接着就是年轻的时光
还有健康
还有曾经的追求
和对一些东西的蔑视
想想那些丢了的东西
一件件
如数家珍

2014 年 5 月 23 日

自 述

脊梁骨一弯　背就驼了
头一低　就知道自己错了
回到杏儿岔
我不敢再说自己是一个好人了
想起这些年来
我只是以奋斗的名义留在城里
而愧对了所有的亲人
风就一下下抽打着我的老脸
新增的几道皱纹里
都是风的指痕
如今　低着头　弯着腰
羞于别人对我的一点点赞扬
我把所有的辛苦和付出
都看成是一种偿还

2014年2月18日

火 车

想起一件往事

一列火车就开了过去

接着就想起另一件往事

又一列火车开了过去

记不清过了多少趟火车了

它们都从我的黑暗中轰响着穿过

在火车时刻表的缝隙中

想起这些年走过的路

现在一条条布满我的身体

有时　坐在自己的心头

就像坐在一块路边的石头上

低着头　抽着烟

想想过去的得意

也想想现在的后悔

此刻　我听见太阳的声音

也像一列火车

2014年11月10日

窗　户

趴在窗前
一个孩子在写他的作业
偶尔抬头
看见窗角处的蜘蛛
正在织网

一个冰霜满窗的早上
他用手指在窗户上刻下
我爱你
我恨你
阳光中　玻璃流下泪水

每一次擦窗户
他都这么仔细
对着玻璃呵一口气
就像从身体里掏出一团抹布
他要擦掉
那些躲在玻璃中的影子

直到把玻璃擦空

草是一匹窗帘　云是另一匹
打开窗户
白天和黑夜是不一样的

唯有一盏灯
才能把窗户放大

————————
2023年1月29日

低头和抬头之间

一朵花　不动

但我看了一会儿　就动了

一坡草　我看着时不绿

我不看时　却绿了

屋檐上的水滴　我看着时不掉

我不看时　却掉了下来

一场雪　我不看时　就在眼前

我看时　却已在记忆里

一个人　我不想你时　你在

想你时　你却不在

低头万家灯火

抬头满天星辰

低头和抬头之间　好多的人和事

就不一样了

———

2023 年 7 月

雪后纪事

一大早　听见安静的院子里　有人在铲雪
一下　一下　那么执着
我相信他铲开的路上　已经有人在走

透过窗户　看见对面的兰山也落了很多雪
山已很白　但树　有高于雪的黑
在我们这里　还没有一场能埋住树的雪

当然草是最容易被埋没的
可昨天路过大雪中的山岗　看见一簇蒿草
居然站在一座铁塔上　让我感叹了一路

想起多年前的一场风雪把我包围在荒野
我只能把自己的心燃成一堆篝火
每遇雪天　我就想起那时的情形

2022 年 2 月 7 日

老的过程

一个人看见多少次草黄草绿
才会在额头上划下一道皱纹
头顶的天空看见多少人由小变老
才能叫作老天

当一个人只记得经历而忘记了时间
那么　爱一个人爱多长时间
才能不爱
恨一个人恨多长时间　才能不恨

想想曾背起过那么重的东西
只要放下　腰就又直了
可如今　为什么腰会一天天弯了呢
只是昂着头　作凛然状

我看见几次逼到眼前的风雪
一次次后退

2014 年 11 月 7 日一稿
2024 年 12 月 4 日二稿

自我描述

一

当我像某一种动物时
就想自己有一个动物的属相
而像另一种动物时
又想自己姓了另一种动物的姓
有时觉得自己也在发光
就想我还属于一个星座
更多的时候　只是一棵树
曾被移栽过多次
受过的教育让我懂得适应
可因为愚钝我辜负了太多
甚至当雪花落上鬓角
又辜负了雪的深情
不知那些一直爱着我的人
是否后悔
我记得生活的教训
疼痛能说明一切
我从不在这片土地上为自己辩解

二

姓名还在用
乳名已没人记得
有两个出生年月
一个是母亲告诉我的农历
一个是身份证上的阳历
亲人　有的在　有的已经不在
籍贯在　出生地在　居住地在
有过黑发　现在都白了
骨头基本都在
牙齿少了几颗　假牙可以顶替
经历可以分段
但吹过几场风　淋过几场雨　跌过几次跤
只能大约
收支基本平衡　略有欠债
另有一些许诺
谁若记得　我都认

2023年1月19日

歌　唱

年轻时　总情不自禁地歌唱
而一个老人
只专注于倾听

星辰是歌词　风是旋律
群山之上
落日　也是一个歌手

有一次　我看见连天的碧草
也挡不住的秋风
把一个人从歌声中吹了出来

有一次　我看见天边上
只有一颗星
一个人　在疼痛中歌唱

后来　我遇见了黄河
它的歌唱
有着沉默的力量

2023 年 10 月 15 日

欢 乐 颂

听见院子里的爆竹声
知道那是孩子们忍不住的欢乐
每一朵雪花都在欢呼
节日多么盛大

所有的树都绽放过礼花
现在是围观者
仿佛有看不见的树叶
还在纷纷飘落

大地以花朵为爆竹
春天是知道的
天空看见人间的这一幕
每年都会重复

这个时候
适合擦拭一次身体里的斑斑锈迹
想起小时候　我手里攥着几个鞭炮
那么少　一直舍不得放

———

2023 年 1 月 1 日

画 地 图

只走过一次的路就画一条线

走过多次的路就画成一束线

拐弯的地方画成弧　或者角

爬过的山　涉过的河

经过的村庄和城市　都要标注

梦中去过的地方可以画成虚线

经常想念的地方标上海拔

把每一条路的终点连起来

就是你的版图

最早出发的地方就是你的首都

沿途打过交道的人

虽不能出现在地图上

但都是你疆域内的人口

像那里的历史和矿藏

当然　好多事你都无能为力

你只关心其中的一少部分人

每一种图标代表什么只有自己清楚

至于版图的形状像什么

比如吉祥物　比如猛兽　比如一件农具
或者别的什么物什　你都无法预知
你只知道每一条路上
每个人都是自己的交通工具

————————
2022 年 6 月

风砺石

一

没有人知道 我绕过一个村子
是怕惊动了村里的什么
那时 我甚至害怕自己的影子

二

一个只知道奔向渴望的人
喝下过半桶冰冷的窖水
然后用多年的体温
才把自己的胸口暖热

三

记得我穿过风雪
用冻僵的双手抱住火炉
手就被烫伤了

这样的傻事 我做过不止一次

四

不得不承认 我在生活中
不是一个精明的人
因此经常后悔

五

后来 我和风雪长谈过一次
被雪伤过心的事
就不提了

六

当一堆篝火
作为落在人间的神鸟
有些欢乐只是给神看的
这我知道

七

那些年 我们朝天放过的枪
子弹还在天空深处飞着

八

当我把离去的亲人们
都理解成人类的烈士时
就不再悲伤

九

为了不两手空空
每到一个地方
我就带上一块石头
比如这块风砺石

十

我种的仙人掌终于开花了
它该不会把我的屋子当成沙漠
把我看成是一匹骆驼吧

十一

为了帮助记忆
时间在额头上刻下皱纹
但有些事　还是被忘了

十二

关于我蜕过皮的事
我从来没有给人说过

2025年3月8日改定

致 灵 魂

我以为把你丢在了夜里

可天亮时　你还在

有一次把你吓瘫在地上

可我走的时候　你还跟着

后来你迷了路　到处流浪

我像一个孤儿

重逢时　你哭了一夜

我们做过的事　有几件错了

我们说过的话　有些是错话

有时候你听我的　有时候我听你的

有时候我们吵架　两败俱伤

你说你为了我　我说我为了你

人们看我时　其实在看你

人们看你时　其实在看我

而有些事　与你无关

但没有人相信

想到我们都会老去　但你不会死

所幸　我们都还在

2021 年 12 月 4 日

一个人忽然想鞠躬

一个人忽然想鞠躬

想给粮食和太阳鞠一次躬

也想给小草　树木　还有花朵

鞠一次躬

感谢它们跟你一起来到这个世上

此刻　你相信万物有灵

你对这个世界　感激涕零

那么　遇到春天　就给春天鞠一次躬

迎着秋风　就给秋风鞠一次躬

感谢春去秋来的人世

总给你留着一份活命的口粮

想想已在大地上行走多年

就给大地也鞠一次躬吧

感谢大地　不管你做了什么

都没有把你赶走

当然也要给天空鞠一次躬

感谢天空没有因为你的过错

而让乌云把你遮住

其实　人间最悲壮的事不是义无反顾

而是留恋和感恩

一个人忽然这么想鞠躬

一定是心里多了些悔恨交加的事

然后就给自己也鞠一次躬吧

给每一根骨头　每一缕白发

还有每一声叹息　和每一次微笑

一个人经历了那么多事

终于能够活老

真是件很不容易的事情

―――――――――

2014 年 9 月 5 日

风中记（代后记）

一

群山之间　村庄的石头

压住风中的苫布

雨雪画出庄稼和树

有人从那里经过

讨一碗水喝

他一定见过我的父母

感谢夕阳　曾给我许诺

要用遍地黄金

给我打造一本诗集

天气晴好的日子

偶尔从那里升起的烟花

远处也能看到

二

去山里寻找祖先的遗址

遇上了风雨

那些带着雨具的人们

正在原路返回

我站在一棵树下避雨

但风　还是把雨水

吹到了我身上

好几次拦住路人

问那里还远吗

他们都一脸茫然

直到天黑了下来

我才知道

遗址就在那片灯火中

那时　风还吹着

雨已经停了

三

找过岩画

找过陶罐

找过甲骨

我找到了那个字

星空下

伸开手掌

那是一颗星星

听见青铜的钟声

每一声

都是那个字的读音

背着风

我轻轻地喊它

村子里

就走出一些人来

四

我懂得大地的手势

V字形叫岔

屈着指头叫湾

伸开巴掌叫坪　或塬

握起拳头叫山　或岭

能在风中立住脚的地方

就有人家

有时　我会把一个村子

看成一盘棋

下棋的人就在村里

但我看不见他

有时　我会以一个村子的名字

命名一个星座

五

季节的马车　在天空下奔跑

人们对雨水的想象

正如对爱情的迷信

土地埋藏着祖训

所有的植物

每年都提醒后人

那些追着风赶往秋天的人们
带着故乡的影子
和一身的力气

六

不管天上有什么
都在模仿大地
启示　在冥冥之中

当天空把一颗星星
扔到我奔赴的路上
那里就成了天空的一部分

心比天高的地方
是一些人离开的故乡
是另一些人的远方

每一次仰望天空

我都把头颅举成一只鹰

心里刮着风

七

我问过每一种粮食

它们是否知道自己的来历

我召集所有的星辰

问它们给多少人指过路

那么多人一生都在学习生活

直到被风吹走

我们路过的每一块墓碑

都标示着高度

八

风起麦浪

作为乡村的心电图

花聚花散　花的手绢里

包着定情的礼物

忽然听见歌声

我看见一个村子的表情

有人从风中回来

背着一条路

九

村子有村子的主线

两边是延展的细节

重点是黄土筑的院落

每一面墙　都是一本老皇历

每一间屋子

都建在祖先的根基之上

炊烟升起　仿佛旗帜

从那里迎风撒出去的种子

都找到了自己的土地

十

传说　村里最长的长者

他想过保存光

也想从泥土　石头

和花朵中找到火

但火一直在黑暗中

这是风告诉他的

十一

那些在村口挖井的人们

在一朵云下

已经挖了好久

他们坚信

村子就在一条河流之上

当风从他们的身体里

吹出水声

云就把每个人都看成是一口井

我也在他们中间

十二

一个挖出过陶罐的人
老听见风里有着泥土的轰鸣

两个在风雪里私奔的人
回来时　头上还下着雪

牧羊人披着羊皮
锄草的人　披着草色

十三

夕阳斜照
但世界并未倾斜
倦鸟归巢
心在风中回到原处
这是庄严的时刻
很多人埋伏在庄稼之中
神看见了他们

但不说出来

十四

忽然　有人在地边上
敲击犁铧
明亮的风里
飞翔着钢铁的翅膀
有一种嘶鸣
笼罩了一座村庄

十五

路上遇见迎亲的队伍
我就站在路边
给幸福让路
但碰到出殡的人群
就跟上去
送送那个远行的人
那时　风把一杆杆唢呐
吹得左右摇摆

十六

看见两个人在旷野上摔跤

摔了好几个回合

摔倒在地上　还在摔

后来　他们就爬起来走了

朝着相反的方向

带着各自的风

这是一年中的最后一天

他们是谁呢

十七

节日的晚上

地上刮着冷风　天上飘着雪

人们从四面八方的黑暗中出来

奔向锣鼓喧天的社火

远远看去　灯光

是一片巨大的犁铧

翻起风雪的波浪

十八

风把我从往事里吹出来
几次回去
都被吹了出来

那里已没有人认识我
但他们都生活在我的故乡

风继续吹着
有时是风雨　有时是风雪
大地的呼吸　山峦起伏

2024年9月5日一稿
2024年12月16日改定